ナマコのからえばり

椎名　誠

集英社文庫

ナマコのからえばり　目次

1 世界をつまらなくした一〇の発明

2 隣人の口の中に放尿してはいけない

3 心より新年をお詫びいたします

4 ギョーザライス関脇陥落？

5 風景の賞味期限

目次・扉デザイン／タカハシデザイン室
扉イラスト／山﨑杉夫

ナマコのからえばり

1

世界をつまらなくした一〇の発明

　ただのナマコと思うなよ。

「なにい？　ナマコがどうした！」

と、多くの読者は言うのであろう。

今週から始まった（『サンデー毎日』連載の）新しいナマココラムです。

「だからなんでナマコなんだ。忙しいんだおれたちは！」

と、多くの読者は言うであろう。

これにはいささかの理由がある。

ぼくは昔からナマコが好きであった。海底に無心にころがるナマコの全身のお姿も好きではあるが、どちらかというと食うほうが好きである。

サケの肴《さかな》にいい。

「ウニ・ホヤ・ナマコ」

が、我がサケまみれ人生の三大うまいもん代表と言って断じて引き下がらない覚悟がある。

ある雑誌で才人、和田誠《わだまこと》さんと対談したときである。嗜好品の話になり、我がナマコ偏愛を告白した。

「どうしてこんなに好きなのだろう？　好きで好きで自分がナマコになってしまいたいくらいだ」

などと言っていたら司会をしていた賢そうな女性が、

「すでにシイナさんのなかにナマコが入ってます」

と、言った。

「ん？」

そうなのであった。ぼくの名前は「シイナマコト」である。おおその真ん中に「ナマコ」が居た！　気がつかなかったのだが、ぼくの体の中心はナマコでできていたのだ。

和田さんの「ワダマコト」の中にもいた。

「ダマコ」

ちょっとまずそうである。ダマコをキュウリと一緒に酢のものにして食うと下痢をします。

ナマコは世界に約一五〇〇種もあり、日本には約一八〇種いる。

「だからそれがどうした！」

と、忙しいおとうさんはさらに言うであろう。

ナマコの体の構造は簡単で、口があって腸があって肛門がある。以上おわり。よく考えるとぼくも同じようなもんだ。

ぼくと違うのはナマコは口のまわりに触手のようなものがあり、これで海底の微小生物をコニョコニョかき集めて食べていることで、ぼくには口のまわりに触手がないので箸《はし》などを使わなければならない。使ったら箸は洗わなければならない。

ぼくもナマコみたいに口のまわりに沢山の触手がほしい。ラーメンなんか食うときにドンブリの上に顔を持っていけば触手がゴニョゴニョやってどんどん麺《めん》をかきあげてくれる。ナルトやメンマなんかも数本の触手であっという間だ。時々スープを飲むために両手を使うけれどあとは触手にまかせておけばいい。ラーメン食いながら編み物ができるぞ。

ナマコの触手に嫉妬《しっと》する。

ナマコは雄雌異体だが見た目からは区別がつかず、普通は体外受精だ。アメリカの病院にいってやってもらう。いやちょっと違ったかな。幼生期はアウリキュラリア幼生といい、その後ドリオラリア幼生をへて成体となる。幼年期になにか高貴なものを感じるではないか。

「おめえ子供の頃どうしてた?」

「ん? 板橋の念仏堂幼稚園に行ってた」

などというより、

「わたしアウリキュラリアのあとはドリオラリアでしたわ」

などというほうがセレブだ。

ナマコはぐにゃっとしているように見えるがそうでもない。生物学の本にはこう書いてある。

「ナマコは極端にその硬さが変化することで有名である。つっつくと硬質ゴムのように硬くなるが、いじり続けると指のあいだからとろけて流れるほど柔らかくなることもある」。なんかちょっと別のことを想像してしまったがこれは読んでいる者の品格の問題なのであった。

「そうしてとろけるようになって岩場の隙間などにもぐり込み、そこでまた硬くなれば天敵や波にひきずり出されることはない」

と、その説明は続く。

ナマコの腸の肛門に近いところにキュビエ器官というのがあり、敵に襲われるとここから白い糸状のものを吐き出し、これを知らないと摑んだときにびっくりする。歌舞伎の蜘蛛の糸みたいでしかも粘性で指などにいつまでもくっついてきて気持ちが悪い。

これにひるまずさらにナマコをいじめると今度は腸を中心にした臓物を肛門から吐き出して逃げる。悪代官が町娘の帯を解こうとひっぱると「あれえええ」などと言って娘はくるくる回る程度だが、ナマコは「あれえええええ」などと言いつつ腸を出してしまうのだ。根性の差を感じるではないか。

そんなことしちゃって大丈夫なのかと心配になるが、腸などの内臓はすぐに再生するらしく「なあにちょっとの辛抱なんで」と江戸っ子らしくさっぱりしたものだ。

いや、ナマコは江戸っ子ではなかったな。ナマコの水揚げは二〇〇二年度で①愛媛②広島③福岡④山口⑤青森と、まあ地方のヒトであった。

ナマコの腸は「コノワタ」でこいつがとびきりうまい。ナマコはむかしは「コ」と呼ばれていた。「コ」の腸《ワタ》だから「コノワタ」。「コノコ」はナマコの卵巣である。コノコダレノコナマコノコ。

サケの肴で卒倒《そっとう》モノにうまいのは「莫久来《バクライ》」で、これはホヤとコノワタをまぜた塩辛で、わが人生のうまい肴三品のうち二品がまざっているのだからもうたまらない。あまりのうまさに我が身の腸を出してしまいそうになった。そんなもの出してどうする。

ナマコを脅すと腸を出す、ということを聞いて、ナマコを大量に集めてきて「ワッ」といって脅したらみんな一斉に腸（つまりコノワタ）を出してしまうから自分でどんどんイキのいいコノワタを手に入れられるのではないかと思ったがそんなに単純ではないらしい。中華料理ではナマコはフカヒレ、海ツバメの巣と並ぶ高級食材で、いま日本からの輸出品がひっぱりだこになっている。

香港の乾物屋横町にいくと日本産の乾燥ナマコが一番高い。量のとれるスールー海のは大衆価格。質のいいホンナマコのとれる青森ではナマコの密漁が頻繁で二〇〇五年には五六トン、一億八千万円の損害があった。いま「ナマコ」の小説を書いているのでそのあたりのこと詳しいんだシイナマコト君は。

週刊誌のコラム連載は『週刊文春』に「風まかせ赤マント」というタイトルでずっと書いており、今年一六年目になった。その連載とぶつからない路線で今週号から本誌に「ナマコ」となっておじゃまします。ナマコ問題は開幕のご挨拶として今週だけ。ただのアホバカエッセイですがナマケないように書き続けていきますのでどうぞよろしく。

羊さんになろうとしたナマコ

えーとね。

一カ月ぐらい前から、いきなりベジタリアンになってしまったのよ。馴れ馴れしい言い方だけど肉とか魚を食わない、というやつね。

理由は簡単。

健康診断をうけたのだ。ほぼ二年ぶり。

ずっと健康体であったのだけれど五年前ぐらいから尿酸値が高めです、と言われていた。酒は毎日飲んでいるから、当然です、と医者は冷たくいう。とくにビールが好きだから「あたりまえだ」と医者はいう。

尿酸値が高くなってほうっておくと痛風になる、という。我が酒飲み仲間をみると痛風になってしまったのがゴマンといる。いや五万はいないが五人はいる。

注意しなければ、と思っていたが、見くびってもいた。今度の健康診断ではその尿酸値がさらに高くなっており、いつ痛風が発症してもおかしくない、と医者は嬉《うれ》しそうにいうのだ。

いままで問題なかった血糖値も上がっている。この程度はまだ可愛いモノらしいがこれがどんどん高くなると糖尿病の危険があるという。え！　我が身には関係ない病名だろうと思っていたのに。

どちらも生活習慣病といわれているものだ。とくにこの一年半、ある雑誌で「麺の甲子園」という取材連載ものをやっていて全国を歩いてラーメンソーメンうどん蕎麦。スパゲティにハルサメに糸コンニャクにクズキリ、イカソーメン。うまいもんだよかぼちゃのほうとう、チャンポン、タンメン、皿うどん。仕上げに秋田のキリボシダイコンなどと長いものばかりわしわし食っていた。そういうことも関係しているのかもしれない。

「ラーメンなんか食べるとスープなど嬉しそうに全部飲んでしまうでしょう」

医者はバカにしたように言う。

どうして知っているんだ。

そういうのがよくないんだそうだ。

そこで決断した。

食の生活習慣を変えよう。

とはいえ、ビールはやめられない。

ビールの肴の刺し身やナマコはなくせない。肉はそんなに食わなくてもいいが、最近好きになったローストビーフだけは食いたい。このあたりは「例外」にしよう、というずいぶん「いさぎ」の悪いエセベジタリアンになった。

妻にそう宣言した。待ってましたとばかりたちまち野菜を主体にした食事になる。

生野菜のサラダや野菜を煮たやつなどが主力になる。

数日後に妻が外国旅行に出た。ひとりベジタリアンになった。ヒトベジである。

野菜サラダの作り方なんて簡単なんだなあ。冷蔵庫にある五〜六種類の野菜をこまかくちぎって水切りをし、ボウルいっぱいにする。薄焼きタマゴを作る。ローストビーフを細かく切ってそれらをのせる。ドレッシングをかけてよくまぜる。

食う。

主食として生ニンジン。二〇センチぐらいのをガリガリ。ボウル一杯分ぐらいの生野菜をたべるとお腹《なか》いっぱいになる。朝も同じようなもの。昼は麵類の中でいちばん優秀な蕎麦にした。毎日の定番にする。

中国の四川《しせん》省で知った「四川悶絶《もんぜつ》激辛即死的辣油《ラーユ》麵」。

これも作り方は簡単なのでお料理教室ふうに書きますわね。

1、蕎麦を茹でる。

2、ボウルに辣油を大匙《おおさじ》二杯。かなりドバッといれ蕎麦ツユを茶碗三分の一ぐらい。長ねぎの切ったのをいれてよく混ぜる。

3、茹でて水で洗いよく水切りした蕎麦に2をかけて混ぜる。ダイコンオロシを混ぜる。

食う。

当然辛い。辛いけれどうまい。うまいけど辛い。辛いけどうまい。うまいけど……。

以下ずっとそう言いつつ食う。

ぼくは学生の頃、格闘技をやっていて、その頃から毎日の癖でいまだに簡単な筋肉系のトレーニングをやっている。一セット五分ぐらいでおわるやつ。これを三セットに増やした。

筋肉系代謝能力がやたらある。結果的にたちまち体重が減った。一〇日で三キロぐらいだ。世間はメタボ対策だとかダイエットなどとしきりに言っているが、そんなの簡単なのだ。

旅から帰ってきた妻に自慢げにそのことを言うと、

「それはダイエットじゃなくて栄養失調じゃないの？」

とひとこと。たんぱく質や炭水化物もバランスよくとらないと駄目なんだそうである。どう駄目かというとパワーが出なくなるという。なるほどそういえば最近トンネルを掘ったり、木を切り倒したりする意欲がなくなっている。外に出たくない。家の窓から空をいく雲を眺めていることが多くなった。そうか草ばっかり食っていたからふるさとのモンゴルの草原を思い浮かべるようになっていたのか。

いや、ぼくは羊さんじゃないからモンゴルがふるさとではなかった。でも気持ちは草原にむかっていたのだ。

それでは、と銀座にむかうことにした。銀座でパーティがあったのだ。日頃の遊び仲間のワカイモン二人を連れていく。パーティ会場にある食い物は油系とか肉系とかダンボール入りの肉饅頭《にくまんじゆう》だ。いやダンボールは入っていなかったようだな。しかしそういうものは食ってはならない。

ビールとワインを飲んだ。そのあとなぜか銀座のクラブに行った。ワカイモンに現実社会を見せておきたかったのだ。

入るとびっくりした。丸坊主頭の人がいっぱいいて銀座のおねーさんやおばさんやおばーさんのヒラヒラ系の人に囲まれている。お坊さんの団体がナマグサ化していたのだ。そういうのを見てシングルモルトをストレートでぐいぐい飲んでいたらますます何も食わずに飲むだけになった。結果的にその日はサケしか飲んでいないということになった。

翌日、二日酔いであった。

歳をとってからの二日酔いはつらい。吐けば楽になるが吐くものが何もないのでただもう苦しい。刑事さん、やったのはわたしです。全部吐きます。と言っても吐くものが何もないのだ。やっぱり何か食っておくか何かかっぱらって警察につかまっておくべきだったのだ。

半日ベッドに横たわり通り過ぎてきた人生の断片を苦しい息の下で思い浮かべていた。

前回、このコラムでこれから毎週なにごとかほざくようになるご挨拶としてこのバカコラムの書き手がなぜ「ナマコ」なのかについて書いた。いまはただもうふるさとの、あの青い海の底にころがっていた時代が懐かしい。

両手両足でこぐ自転車の発明

「両手両足でこぐ自転車」というのが発明された。ハンドルのところが手でこぐペダルになっていて、通常の足こぎペダルとは別のチェーンで前輪を回転させる。前後二輪駆動自転車である。「二駆自転車」というのだろうか。

障害者むけの自転車として三重県の自転車修理業の人が発明した。試作品だけでまだ発売されていないというけれど、これはある種の「コロンブスの卵」で、いままで誰も思いつかなかったのが不思議だ。

よく自転車に乗ってきたことを話のゼスチャーにからませるとき、握った両手のコブシをぐるぐる回したりしてみせるが、実際には両手に持ったハンドルを回転させることはないので、あのゼスチャーは足でペダルをこぐ様子を手であらわしているのだろう。本当は足そのものを回転させて話をしなければならないのだけれどそれだと大変だものなあ。

だから手の回転だけで「自転車」をあらわすのはどこか無理があるんじゃないか、と思っていたのだが、この手足両方こぎ自転車が普及したら、そのゼスチャーも正しい、ということになる。

この自転車、スピードが出て小回りもきくという。二駆だから登攀《とうはん》能力も強い。その反面いままで遊んでいた両手は急に忙しくなる。いや、そういうと「手」はこれまで別に遊んでいたわけじゃなくて「わたしらには前進維持危機回避および方向転換という重大な任務があります。二駆になるとそれに動力負担という任務が加わってもう大変なことになりますわ」などとぼやいているかもしれない。

さらに問題は自転車を走らせながら水を飲んだりハナクソをほじったりするのが難しくなることだが、いままでそれをやりたくてもできなかった足の立場を思えば我慢もできるというものだ。

競輪のルールや規約をよく調べて「使用するのは後輪のみを足で回転させる競技自転車によること」などという一文がなかったら、この両手両足ターボ自転車をいきなり登場させて「ぶっちぎる」という手も考えられる。

この自転車がスタジアムに現れたときの観客のどよめきや歓声、あるいは罵声《ばせい》を思いうかべると興奮で頭がくらくらする。もっともオレ競輪のことはあまりよく知らないんだけれどサ。

それにしても、世界の最初の自転車は足で蹴って走っていた。それからしばらくして子供の三輪車みたいに前輪にペダルがついてコニョコニョと足の回転運動だけで走るようになった。やがてチェーンで後輪に動力を伝えるようになり、今のような多段式変則ギアがついたのはそんなにむかしのことではない。

そしていよいよこの「手の運動力」の導入である。自転車もついに宇宙時代に入ったといっていい。いや、まだ宇宙まではむずかしいかもしれないがスピルバーグの『E.T.』に出てきた空とぶ自転車ぐらいは連想していいかもしれない。

この発明は、毎年夏に琵琶湖で行われる高さ一〇メートルの飛翔台《ひしょうだい》から出発する「人間鳥人コンテスト」に応用したらいいような気がする。

現在あのコンテストに出る人力飛行機は人間が足でペダルを回す動力源が殆《ほとん》どのようだが、ここに両手両足駆動のこの自転車のメカニズムを導入し、いままで遊んでいた手を動力に加えたらパワーはもっと増すだろうし、持続力も期待できるかもしれない。

またぼくは以前からこの競技に「念力」を応用するところが出てこないかと期待していた。

そのむかしのソ連の宇宙ロケットは打ち上げのときに二百人の超能力者がロケット発射基地に集められ、発射するときに全員で「上がれ！　上がれ！」と必死の念力をかけていたという秘密エピソードを当時の新聞の囲み記事で見た記憶がある。『東スポ』だったかなあ。ううう。だったら信憑性《しんぴょうせい》はさらにましていくというものだ。

『飛翔ついでに『東京新聞』の二〇〇七年七月四日夕刊の囲み記事を紹介したい。

南米アルゼンチンで約六〇〇万年前の地層から史上最大級の鳥の化石が発見された、

という記事だ。

両翼をひろげた長さがなんと七メートル。空を飛べる鳥類のなかでは最大級という。

アルゼンチンはもともとてつもない化石があるところで、ぼくはコモドロ・リバダビアというすんごい名前の土地で化石の森というところにいったことがある。森といっても太さ二メートル以上の化石の巨木なのでみんな倒れているのだが、本当に大木がそのまま化石になったものだから魔法の国に迷いこんだようでもあり、なんとも不思議だった。

南米的いいかげんさで、好きなように歩き回れて手で触れるから長さ二〇センチ、幅三センチぐらいのずしりと重い木のカケラをかっぱらってきた。見たかんじ完全に木端《こっぱ》だが、持つと石と同じ重さなのでヒトをだますときにつかっている。

学者らの研究によると化石の発見された巨鳥の体重は約七〇キロでかなり大きい動物を捕獲していたらしい。計算では滑空時の巡航速度は時速六七キロというからこういうのが頭の上をバサバサやってきたら怖いだろうなあ。

問題は飛びたつときで、コンピューターのシミュレーションでは、ワシのように自力で羽ばたいて飛び上がるのは無理で、斜面を利用して向かい風を揚力に飛び上がっていたらしい。

これは翼幅三メートルになるアホウドリと同じで、実際フォークランドの無人島で崖《がけ》からアホウドリが飛び下り自殺するように落下しつつ飛び立つ風景を何度も見た。

戻ってくるときも風を利用しているが、着地が下手でビューンと突っ込んできてなめにひしゃげて着地したりしてテレ笑いしている。こういうなさけなーい姿からアホウドリと言われるようになったのだろうな、と現場で納得した。

グライダー型やプロペラ動力による飛翔機の歴史は長く、それゆえにどちらも現代では完全実用化されているが、古代人が夢みた鳥のようなハバタキ式の飛翔機はいまだ未完成である。

ハバタキ式の飛翔機はチャールズ・ダーウィンも設計している。そして世界の多くの国の男が自転車に翼をつけて坂道を全速力で降りていってどこかにぶつかって怪我をする、ということを繰り返してきたのである。そこで冒頭の手足駆動自転車の登場だ。これだけパワーアップしたメカニズムだったらスピードのほうは坂道滑走にまかせて、手足合同駆動力をハバタキ専門に集中させて成功させることはできないだろうか。

かくしてまた一人、坂の下で鎖骨など折ってひっくりかえっているアホ（おれのことです）が生まれるんだろうなあ。

記念品的夏負け話

ヒトが見た夢の話ほどつまらないものはない。

でも、世の中にはそういうことに気がつかないのがいっぱいいて、むかしサラリーマン時代に体験したのは、

「あのさ、ネコがくるんだよ。むこうから。それがなぜか白地に黄色い水玉模様の服きててさ、へんだなあと思ったらむかしおれとつきあってた彼女でさあ。こんなふうにしなければあなたにあえないと思って、なんていうんだよなあ。うけけ」

なんて話を忙しい朝に延々と喋《しゃべ》る。うるせい。好きなようにいつまでも水玉模様のネコ女を抱いてろ。このバカ、と思うんだけど上司だからそうも言えないしなあ。

「はあそうですか」

などと合いの手をうたなければならない。

「でもさ、おれのそばにきたらそれはいつのまにかアリサのママになっててさあ。ホラ新橋の。いやもう実際まいったよ」

なんて自分のオデコ叩《たた》いてんの。うるせい。ずっと一日てめえのオデコ叩いてろ。

もうひとつつらいのが息子や娘の結婚式のビデオかなんかを見せられるとき。いるんだなあこういうカン違いおやじが。いやカン違いおばさんもいるけれどおばさんはビデオ機器の扱いがうまくできないから結婚式のアルバムだったりする。これも目の前で説明されると一応ちゃんとめくって「はあ、きれいですねえ」なんて言わなければならないのでとにかく辛い。

結婚式のそういう写真は関係者だけがうっとり眺めていればいいのであってあとは庭の穴に埋めてしまうのが地球の平和というものだ。もっとも現代の都会生活の人は掘る庭がないから難しく、結局押し入れの奥に入れておくしかない。けっして応接間にはおかないように法律で決める必要がある。

記念品というのもたいていはありがた迷惑なもので「王将」と彫り込まれた重さ三キロもある秋田杉のバカデカ将棋の駒であったりする。こんなの貰ってどうすりゃいいんだ。でもやたらに捨てると拾った人の迷惑にもなるしなあ。

そもそも記念の品っていったいナンなんだ。記念してどうする？　という問題もあるでしょう。

富良野にいく列車に乗っていたら車掌が「記念品にどうぞ」ってラベンダーの花が印刷された安っぽいシオリみたいなのを乗客全員に配って歩いていた。断るのもトゲがたつから貰ってすぐに捨てようと思ったら駅のゴミバコは使用禁止で捨てられないんだ。

たいした邪魔でもないから結局持って帰ってしまったけれど、わが人生にこの印刷物はどういう記念になるのだろうか。

年がたってこれをみつけ「ああラベンダーの思い出だ。あの日下痢をしていてセイロガン飲んでじっと座席にうずくまっていたんだ。今は寝たきり老人の紙おむつだから下痢を好きなだけできていいなあ」などと幸せな気持ちになるのだろうか。

いやしかしながらあづい。話かわるけれどこれを書いているのは北海道の隠れ家で、山の上だから毎年夏は寒いくらいなのだが、今年は日本列島中あづい。北の家はクーラーがないので(扇風機さえない)こういう炎天異常になると対応力がない。本日関東のどこかが四〇度を超えたとテレビで言っていた。そういう温度になるとその町の人々全員がお風呂に入っているようなことになる。四〇度のお風呂っていったらけっこうな熱めの湯かげんですよね。

もうそうなったらヒラキなおって町の人全員が外に出てきて全員でお風呂に入っている気分になってしまったらいいのではないのか。具体的にはどうやるのか、こういう文を書いていて何も考えていないという無責任な話なんだけれど「森林浴」というのがあるんだから「熱風浴」というのがあってもいいではないか。「本日は全員海水着かなんか着て自由にそこらを歩きましょう」などと町内放送などで流してタオルもって「ちょっと熱すぎますかね」「もう少しぬるくしてもいいですな」などと見知らぬ者同士やけくそ気味に話していると現代には失われた隣人愛というものが生まれるかも知れないではないか。

このハナシが出る頃はこういう猛暑も終わっているだろうけれど今はあづぐであづぐでどうじでも濁音語法になってでじまうではないか。

したがってハナシはどんどん前後の脈絡がなくなっていくのだけれど、ここにくるとき千歳空港で昼だった。観光客がごった返しているからひるめしはレンタカーで食べながら行こうと思ってサンドイッチ買ったんだ。エセベジタリアンを指向しているから野菜の多いのを買った。食べようと思ったら「ヘルシーサンド」と書いてある下に原材料がどどっと書いてあって増粘多糖類とかpH調整剤とかソルビン酸Kといったものが二〇品目ぐらい並んでいていったいどこがヘルシーなんだと思った。こうあづいと文句が多くなるな。しかしそのヘルシーサンドイッチ、悪い冗談みたいでヘンな気分だったぞ。

エセベジタリアンの人（おれのことです）は妻に「昔ジューサーというのがあったけれどあれは掃除が面倒だった。今はもっと簡単なものがあるに違いない」と言ったらさっそく探してきてくれた。片手で握る超小型削岩機みたいな仕組みのもので、大きなカップの中に野菜や果物を入れてスイッチオンすると刃先が回転して簡単にじゃんじゃんなんでも潰してしまう。面白いので北海道まで持ってきて隠れ家滞在中毎日いろんな野菜や果物をバリバリ粉砕していた。

一番いいとりあわせがゴーヤ、桃、夕張《ゆうばり》メロン、セロリ、ブドウで、溶解液がわりに地元のリンゴジュースを入れて濃厚ジュースにして冷やして飲むとこんなにしあわせにうまいものはない。ゴーヤの苦みと果実の甘さがいいんだなあ。たぶんこれは圧倒的にヘルシーだ。そいつを飲みながら高校野球ばかり見ていた。ときどき地元のニュースをやる。

新聞で午後の試合の組み合わせなどを調べているとアナウンサーがしきりに「血まなこ」という言葉を連発する。この猛暑に「血まなこ」なんてタダナラヌ話である。何事かと思って見るとナマコが映っているだけだった。

ナマコは北海道産のものが人気で四年前はゼロだったものが今は香港から年間七〇トン、四〇億円の買い付けがあり、このままではナマコ乱獲となるから行政はナマコの養殖を研究している、というニュースなのであった。手のひらの上で赤ちゃんナマコがノタノタ動いている。小さなナマコを「稚ナマコ」というのだ、と知った。血マナナコではなかったのである。

リスカしたら手首が落ちて

「地上波デジタル放送」を「地デジ」というのはまずいんじゃないの。どうしても「血出痔《ちでじ》」を連想してしまう。「イボ痔」の悪化したやつ。すんごく痛そう。血がとまらないんだから。

日本は昔から言葉を省略するのが好きで新しいカタカナ語などすぐに簡略化される。デジタルカメラはたちまち「デジカメ」で、パソコン、ワープロ、カーナビと並んで日本四大省略言葉と言われている。いや、言われてはいなかったな。でもカー・ナビゲーションとかパーソナル・コンピューターなどといつも正確に言うのはたいへんだるっこしいから縮めたくなるのはわかる。

けれど「チデジ」だけはなあ。

「こんどうちチデジになりまして」

「えーそれは大変ですねぇ」

長いこと外国で暮らして帰国し、いきなり聞いたらまずわからないだろう。

ぼくがいまだにわからないのが「ワンセグ」というやつで、携帯電話の「ワンギリ」の複雑なやつなのかな、と思っていた。そういえばすこしまえ「ワンレン」というのもあったな。「ボディコン」と同時代のコトバですね。短縮省略コトバは時代がすぎると陳腐化が痛々しい。

パソコン、ボディコンときてすぐに頭に浮かんだのはリモコン、エアコン、マザコン、スポコン、で、どうも短縮コトバは「コン」系一家の勢力が強いようだ。

この「コン家」に対抗するのはセクハラ、パワハラ、アルハラなどの「ハラ家」や「テレカ」「イコカ」「ハイカ」「オレカ」「スイカ」などの「カ家」一族だ。なんかこのうちはえらく痒《かゆ》そうだけどな。

問題を含んでいるなあ、と思うのはこの新興の「ハラ家」で、いま聞きかじりで「アルハラ」と書いたが、これはアルコールハラスメントの略であるという。そんなの単なる酔っぱらい騒動で、むかしからそこいら中にあったじゃないか。今さらもっともらしくそんな名前つけて持ち出すな、と言いたい。この伝でいくと、ちょっと嫌だと思うことは全部ハラスメントで片づけられてしまいそうだ。

タバコの煙が嫌なら「ケムハラ」で、よく喋って唾《つば》まきちらす寿司屋の親父は「ツバハラ」。新幹線などで隣の席に座った厚化粧のおばさんは「クサハラ」だ。せんだっての朝青《あさしよう》龍《りゆう》騒動は日本人の外国人力士いじめのところもあったからあれは「アサハラ」。あれ？　どっかで聞いたことがあるな。

下品なのは「イマカレ」や「モトカレ」で、その親戚《しんせき》をさがしたら「インカレ」というのがあった。「淫乱《いんらん》な彼」かと思ったらそうじゃなくてインター・カレッジのことだって。「カレ家」には思想の統一性がない。

なにもそこまで、と思うのを次に並べる。

リスカ＝リストカットの短縮だって。もとのリストカットがたいして長い言葉じゃないし、そんなに無理やり縮めることもないじゃないかと思ったが、ひとたび力を入れ間違えるとタイヘンだ。そもそもその行動が間違えている、という意見もあるが……。

電話などでの使用例――いまリスカしたら手首が落ちちゃったの。どうしよう。

トイペ＝トイレットペーパーのことだって。ほんとうかよ。あんなものをそんなに縮める必要があるのかね。あるか。使用例――トイペくれええ。何もないんだ。いま山手線の中なんだ。ああぁ！

スク水＝スクール水着のことだって。誰がこんなコトバ使うんだ。スクスイ盆にかえらず。意味がわからない。

スケブ＝スケッチブックのことなんだと。縮める意味がわからん。

ホムペ＝ホームページ。かえって言いにくいんじゃない。

ミスド＝ミスタードーナッツの略。無理があるなあ。

トリセツ＝取り扱い説明書。見てもわからないことが多い。

逆に縮めて意味が深まり凄味《すごみ》が増したようなのが「サラ金」で、元は「サラリーマン金融」だからどこか可愛いかんじもあった。これが「サラ金」となるといきなり正体をだしたな、となり「マチ金」「ヤミ金」と合わせて金さん一家。ものすごく悪そうだもんなあ。

「ゲーセン」もワルガキ養成所みたいな悪のにおいがして退廃的なのがなかなかいい。ここで育ってやがて「キャバクラ」に通ってカネつかって「サラ金」へ、という内角低めのコースが待っている。

「デパ地下」も省略語業界では名作だと思う。正確にいうと「デパート地下一階の食品売り場」であり、誰がそんなに正確に言うか、というのがすぐにわかる。

古いけれど「パンチラ」も名作の中に入れたい。これは正確に言うと「ある日美人のパンツがチラッと見えてしまってえらく得したような気になった」となり、まあずいぶん長いから当然「パンチラ」ぐらいに縮めるべきである。

「コンビニ」もこの時代にはそれ以上ない見事な短縮語で、これが少し時代をさかのぼってビニール全盛時代だと、紺色をしたビニールということになってそれだけで終わってしまった可能性がある。これらのいいかげんな短縮言葉にも生まれいずる時代のタイミングがあったのだ。

そこでもうちょっと時代をさかのぼると、日本人は長い名前の団体、組織名はだいたい短縮している。

経団連は「日本経済団体連合会」の部分文字抽《ちゅうしゅつ》出構成できわめてノーマル。この短縮語には権威と貫禄《かんろく》があってどすんと重い。

農協も「農業協同組合」の略で無駄がなくじつに美しい。

日歯連は「日本歯科医師連盟」でそれ以外のものを頭に浮かべることができない。「日曜歯《は》歯《は》歯《は》歯《は》連阿《あ》波踊《わおどり》愛好会大阪支部」というのがあって「うちらもおなじく日歯連いいますわ」という場合は一報ねがいたい。日高教はにっこうきょうと読むのであろうか。「日本高等学校教職員組合」の略であるから組織は大きそうだ。しかし電話で「はいこちらは、にっこうきょうです。こけっこっこっこう」などと言いそうで心配だ。あっ言わないか。すまん。

木連というのは「木星圏ガニメデ・カリスト・エウロパ及び他衛星国家間反地球共同連合体」の略称であるという。本当だろうか。むかしおれは「東日本何でもケトばす会」という恐るべき組織をつくり、そこの会長であった。略して「東ケト会」。現在は「全日本浮き球三角ベースボール協会＝オールニッポンフロートタマタマトライアングルベースボールアソシエーション」の代表である。読者の中には嘘だと思っている人がいるだろうけれど本当なんだってば。

略して「全浮協」となるところだが当時はそれを思いつかずカタカナの頭文字をかいつまんで「ANTA」となった。「アンタ」である。

中国のあなどれない公開便所

北京オリンピックまでに中国の便所はどうなるのだろうと心配だ。いや、オリンピックを見に行くつもりはないから心配ということはないな。なりゆきを注目している、とNHKニュースみたいなことを言うのであった。

中国の都市開発のイキオイはたしかにすさまじい。王府井《ワンフーチン》などは景観として日本の銀座通りを越えた。当然都市部の便所の多くは西洋式の個室水洗になっているけれど、周辺都市はわからない。

国際化とはあまり関係ない地方都市や田舎はいまだに開放便所のままらしい。解放ではなく開放ですからね。ドアもしきりもない全面オープンのおおらかな便所。もちろん「大」のほうである。

つい最近行ったそこそこ中級の都市でも町なかの有料便所「厠《かわや》」はきっぱり開放式が多かった。入り口のところに係の人がいて二角（およそ三円）ぐらいとられる。有料でもため込み式が多く、水洗の近代化がなされ、ドアがつけられた便所も増えてきたがそのドアにカギがない。ドアをあけて中に先客がいるかどうか確認するためのドアなのだ？

中国の人はクソをするとき人に見られていないとうまく出ないようになっているのかもしれない、なんてことはないな。

長年開放便所でやっているから人前でクソをしてもあまり恥ずかしいとは思わなくなっているフシはある。

チベット自治区などは屋根の上あたりの高い位置に便所があり、周囲はせいぜい二〇センチぐらいのしきりで囲まれている程度だから、その便所に立つと通りを行く人々から丸見えである。さあ私はこれから大便をします！　と宣言するような恰好になる。「青天井便所舞台」とでも言ったらいいだろうか。日本みたいに無意味にしっかり密閉された便所の国に住んでいると、そんなの嘘だ、と思う人がいるかもしれないが本当なんですよ。

どうして高いところにあるかというと堆積《たいせき》したクソの山が掻い出し易いからだ。日本もそうだったけれどむかしはクソを作物や動物の肥料や飼料に使っていた。

広い中国。地域にもよるが、むかしはしきりもドアもある普通の個室便所だったという。それが人民公社化の時代になって、保育園も学校も食堂も皆の共用ということになり、個人の家の便所は贅沢《ぜいたく》だからと取り壊され、みんな町の公衆便所で用便をするように統一されていった。

けれど共用の個室便所だと、国家や体制に対する不満や抗議の落書が密室の庶民伝達という手段で噴出してきたので、そういう落書ができないようにしきりもドアもはずされたという顚末《てんまつ》が『中国人として育った私』（西条正＝中公新書）に出ている。

ぼくが初めて中国に行ったのは国交正常化して間もない頃だったが、一カ月の旅はホテルと列車以外はすべて開放便所だった。しかも地方の公衆便所は絶望的に臭くて汚い。夏など便所全体に（壁も天井も）ウジムシがうごめいているところもあった。頭の中で絶叫なしにはしゃがむこともできない。

タクラマカン砂漠への探検隊でオアシスの便所に行ったら一つしかなく、行列の先頭で行列の人々にむかって前をむいてしゃがみ、クソをするのである。ある種の人格崩壊便所で、これは世界最強のクソだなあ、と自分で感心した記憶がある。

一昨年（二〇〇五年）行った西北の田舎には「野外大便小便逮捕罰金三十元」と塀に赤く大きく書かれており、公衆厠のまわりには大便が沢山ころがっていた。ここまできたならば中に入ってやれば、と思うのはシロウト考えで、中は阿鼻叫喚《あびきょうかん》。鼻三重曲がりの大修羅場になっていたのだった。

中国人は公衆厠からたいていズボンをずりあげながら出てくる。女便所もそうらしい。下手するとまだ尻《しり》が丸出しだったりする。最初の頃、なんでそんなに急ぐのだろうと不思議に思ったが、臭すぎるから一刻も早くそこから出たいのだな、と自分が体験してわかった。

いましきりに中国の環境汚染や危険食料が話題になっているけれど、オリンピック程度の一過性の国際化ではこれらのことの改善は難しいだろうな、という実感がある。たとえば地方の列車に乗ると、窓の外は全部乗客のゴミ捨て場になる。みんななんでもいらないものはどんどん窓から外に投げ捨てる。そのあまりにもあっけらかんとした「当然でしょ」というような行為に目が慣れるのに少し時間がかかる。

窓の外の空間は移動していく巨大なゴミ捨て場なのだった。残飯ぐらいならまだいいほうで、いらないもの壊れたものはなんでもポンポン捨てていく。捨て場として列車の中にゴミを持ってくる人もいるようだ。

土地によっては線路ぎわにそれを拾う人がいるのが悲しい。ペットボトルの中の残った飲み物を集める子供がいたりする。

川もゴミ捨て場だ。動物の死骸《しがい》なども普通に流れてくる。むかし黄河の中流域で壊れた家が流れてくるのを見たことがあった。上流のほうで災害があったのかと通訳に聞いたら「捨てたものでしょう」と普通の顔で言っているので、中国の底力を見たような気がした。中国のそういう中国的基盤はなかなか面白い。

新しい服のタグは外さずにそのままブラブラさせながら着るのがおしゃれである。サングラスなどは表面に貼ってあるメーカーのシールをはがさないのがカッコいい。

こういうのはその国の価値観だからそれでいいのだ。日本人だってクルマを買うとシートを覆《おお》っているビニールを剝《は》がさずそのまま乗っている人がけっこういるから笑えない。

この夏流行っていたのは男の腹だしスタイルだった。シャツの腹のところを胸の上までたくしあげて歩く。暑いからららしいけれど景気の悪い色をしたブタ親父のたるんで突き出た腹など見たくないからこれは醜い。

安食堂に行くとテーブルの上に必ずトイレットペーパーが置いてある。これで出された食器をまず拭くのが最初の客の仕事なのだ。

少し高級レストランになると円筒型をしたプラスチックの動物のおもちゃみたいなのがあってトイレットペーパーはそこに入っている。ブタさんの口からトイレットペーパーをするするとひっぱり出すのがおしゃれなのだ。

時々「牙屋」という看板を見る。屋台のような店で表に義歯の見本が並んでいる。中国では「歯」を「牙」と書く。歯医者ではなく、健康な歯をやすりで削って金や銀の義歯をかぶせるのだ。アクセサリーとしてである。痛い思いまでして金歯銀歯をかぶせる感覚だけは分からない。つくづく中国の底力をあなどってはいけない、と思うのである。

世界をつまらなくした一〇の発明

携帯電話　誰もが持つようになった。便利なのは言うまでもないが、モノには必ず二面性がある。便利なものには不便がついてまわる。それが常に表裏一体になっている。まず行方不明になれない。電源を切っていたとか持っていくのを忘れた、などという逃げ方はあるけれどそうしょっちゅうは使えない。電源を切っていても留守録音やメールで追跡されたら「忘れてた」は通用しない。

面倒な集まりや、しばらく外に逃れたいときなどに「ちょっと電話してきますので」などといってフケル作戦が通用しない。「あっぼくのケータイ使ってください。ここアンテナ立ってますから」などという余計な奴がいてかならずたちふさがる。

そんなに遠くない未来、ケータイ電話機能が体に埋め込まれる、という話がある。額の横のあたりに薄いチップ状の機械が埋め込まれてソトから電話がかかってくると奥歯が自然にカミカミしてスイッチオン。サラ金取立電話の「耳の穴から手突っ込んで奥歯ガタガタいわせたろか」が本当になる。

携帯電話のカメラ機能　「うるさい」のヒトコトにつきる。空港なんかでタレントなどを見かけると姉ちゃんやおばさんなどが奇声をはりあげ携帯電話を片手に高くあげてカシャカシャの嵐。あれ単純にアホバカではないか。

隠し撮りを防ぐために電子的にわざわざカメラのシャッター音を作っている、ということからしてそもそも奇怪なシロモノだったんだ。

そんなチャチな細工ではなくて、エスカレーターに乗っている女学生の後ろからスカートの中を撮ろうとすると、ピカッと光って「ドッカン！」などとてつもない音をたてる閃光《せんこう》爆破自爆機能もつけるべきだった。

ケータイに買い物機能、電車乗れる機能、カラオケ機能、ゲーム機能、テレビ、ラジオ機能、アラーム機能、ナビゲーション機能、読書機能など軽く二十項目ぐらいついていると聞いてびっくりした。

日本人は昔から水筒の蓋に磁石つけたり、マホービンに「沸きました」などと喋らせたりチマチマと多機能化するのが得意だった。こうなったらケータイに雨傘機能や炊飯器機能やお洗濯機能などもつけないとバランスが悪いんじゃないの。

「徘徊《はいかい》老人に携帯を携帯させて状態を警戒する」こともできる。

宅配便 旅の楽しみが半減した。北海道の根室にいって花咲ガニを食べ、東京の飲み仲間にケータイで電話して「うめえよう。たまらないねえ」などと自慢すると「じゃあクール宅急便で送ってくれよ」で、遅くとも二日後には飲み仲間のそいつも「うめえよう」状態になっている。

「じゃあおれは単なる買い付け人だったのか」と送るほうは宛名《あてな》を書きながらモノゴトの理不尽に気がつくのである。そんなことなら自慢の電話をしなければよかった、と思うのだが自慢したいために根室までいったんだからなあ。

Suica ICOCA　このシステムになってキセルがしにくくなった。スイカ、イコカを使って無賃乗車をいかにするか、電磁波オタクの研究の成果がまたれる。

DVD　かさばるビデオテープの時代はとうに終焉《しゅうえん》というから慌ただしい。映画などはDVDの解像力のよさやドルビーサラウンドの威力などがフィルム以上だったりするのでいまやシネマコンプレックスなどはDVDが中心に使用されていると聞いてこれも驚いた。

映画のDVDが安くなったのはいいことだ。ほんの少し前、一本の映画のDVDが七〇〇〇円ぐらいしたときもあった。今は家庭でDVDに録画することができて、あれはもの凄く安いコストで作れたんだとみんな知った。あの頃のメーカーはボロ儲《もう》けしてたんだ。

家庭で簡単に本格的に映画を見ることができるようになって、夏休みの校庭野外映画会などは江戸時代の思い出を語るぐらいの昔の話になってしまった。映写機のあのカタカタ鳴る音は秋のすずむしの鳴く音よりも早く滅びてしまったようだ。

カラオケ　会社や寄り合いの宴会が確実につまらなくなった。手拍子の叩き方を知らないガキが増えた。茶碗を箸で叩く音がなくなりチャンチキおけさがなくなった。ヨカチン踊りが衰退した。酔い街に流しのギターがなくなった。

ウォシュレットのトイレ　もともとアメリカにあった温水洗浄式の便座をウォシュレットのような形にしたのは日本独自の発明だそうだ。こいつの出現によって日本人は紙で尻の穴を真剣に拭く技能や能力が急速に衰退し、肛門は国際的に劣勢となった。次世代はさらに軟弱になるだろう。欧米でそんなに流行らない理由はどういう性質の水が自分の体の大切な粘膜に直接あたるのかわからない不安があること。それだけ日本人は水に対しての危機感がない、ということでもあった。

FAX　ものの形を電話で説明するけど相手がなかなか理解できず、そのカンの悪さを罵倒《ばとう》しながら説明する楽しみがなくなった。

「形がわからない？　あのね、把手《とって》があるわけよ。頭の上にさ。その把手をいったん横にたおすとそこに蓋があってさ、それをあけて水をいれてまた蓋をするの。端っこのほうに湾曲した象さんの鼻のようなものがついていて、入れた水はそこからお湯になって出てくるわけよ。えっ？　どうしてお湯になるかって？　それはそれ全体をガスの火にかけてあたためるから当然そうなるでしょう。どうしてそんな単純な理屈がわからないの？　バカじゃないの」

人工衛星　ぐるぐる回って上空から地球をくまなく隅々まで見てしまったので地球の

謎《なぞ》の場所はまったくなくなってしまった。一九世紀頃はオーストラリアの真ん中には大きな内海があると思われ、イギリスの探検隊がはるばる確かめにいったりした。スウェン・ヘディンが仮説をたてた「さまよえる湖」はロプ・ノールとよぶ湖が千六百年周期で大きく砂漠を移動している、というものだった。ぼくは一九八八年に日中探検隊の一員としてロプ・ノールめざしタクラマカン砂漠に入っていったことがある。目的地は人工衛星がとっくに撮影していて砂漠の湖はもうどこにもないことがわかっていて「もしや」の期待は最初から粉砕されていた。その時から人工衛星が嫌いになった。

ミミカキ　これがないとマッチ棒のアタマやゼムクリップなどをいろいろ折り曲げて工夫するのだがなかなか難しい。だからなんとかうまくいったときのヨロコビといったらない。ミミカキが発明されていなかったら、その喜びとシアワセが我々の人生には無限にあったのになんという無粋なことを。ミミカキを発明してしまった人を地球のみんなは「余計なことを」とののしるべきである。

問題の多いベジタリアン

いきなりベジタリアンになった話をこのあいだ書いた。いきなりエイリアンになるよりは簡単だ。

とはいえ完全ベジは自信がないからタマゴは規制から除外、それから秋口から旬《しゅん》になるのでカツオも状況に応じて除外。居酒屋にいくのは禁じてないから好物のナマコとシオカラは除外。除外が多いな。

ビールやウイスキーなどは麦が原料だから問題なし。酒はたいてい植物が原材料だからベジタリアンの味方だ。逆に牛肉で作った牛カルビ酒とか豚骨焼酎なんてのがあったらちょっとだけ試しに飲ませてほしい。

夏の間は自宅と北海道のカクレガにいたので自由にサラダと野菜の人生だった。これがけっこういいんだ。いまはいろんな野菜があるから一〇種類ぐらいのサラダのオーケストラみたいなのができる。さらに削岩機ふうのジューサーがあってこれで野菜や果物なんでも簡単につぶせる。ゴーヤとかニンジンとかメロンとかモロヘイヤなどをつぶしてリンゴジュースで割って冷やしておくとアマニガくてうまいのなんの。モロヘイヤのネトネトもいい味わいのひとつになる。ベジの日々もいいんだなあ。

オレはむかしからこういうことを決めるとどんどんエスカレートしていく傾向がある。したがって外に出なくていいときは野菜ばかりの日々になった。カクレガの周囲の雑草を見ていると、うまそうな草とそうでない草がわかってくる。いやべつにかじったわけではないが見ているとわかるのよ。羊はなんにも言わないけれど羊の気持ちはよくわかる。

そうして残暑厳しき東京に戻ってきた。都会に戻っても家でカカアに作ってもらっていればベジの道を踏みはずさずにいける。

いまデパ地下にいくと見たことのないような異国の野菜もいっぱいあるそうだ。そういう多種類野菜のサラダとマグロのカルパッチョ（新たにマグロの赤身を規制除外にした）、アボカドとモッツァレラチーズとプチトマトのサラダ、枝豆、ショウガ、モズク酢などでビールを飲む。なにも文句ありません。

居酒屋にいくとモロにアブラとたんぱく質の世界になるが、親しい居酒屋だからメニューにはないけどゴーヤとモヤシイタメなどを作ってもらう。冷や奴もいい奴だなあ。規制除外項目の多い問題の多いベジタリアンだけど、街《ちまた》をいくと巷の人々がいかに邪悪なものを食っているか改めてよく見えてくるのであった。

もう我が人生で一生食うことはないだろう、アブラギトギト牛丼の邪悪なすさまじさ。おおトンカツとタマネギにタマゴをからめて甘辛く煮たものをどんぶりの上にのせて食う「カツ丼」などというトンでもないものを人々は食っておるのだなあ。なにい！ 大盛り特製チャーシュウわんたんめんにぶためしにギョーザ付きだと？ わああ、叫び声がでそうだ。

わああ！

しかしはらへった。そう。問題は外出である。小さな旅ではどうなるか。

ベジのヒトになってわかったのは、日本のレストランや食堂は極端に野菜類が少ない、ということであった。

野菜サラダなんか頼んでもホトケ様にあげるぐらいの量しかない。内容も手のかからないレタスとトマトと缶詰のアスパラをちょこっと積み重ねたようなやつ。そこに銀座のクラブのホステスみたいなべたあーっと濃厚なマヨネーズがかかっている。濃厚なマヨネーズのようなホステスを具体的に示せ、と言われてもこまるのだけど。

外食ではわずかに韓国系の店が野菜豊富というのがわかった。次は旅の弁当がどうなるのかも心配だった。もうこれだけ草原仕様のきれいなカラダになるとシャケカツだとか鶏の唐揚げだとか豚バラ肉のギタギタ炒《いた》めのおかずなどは見たくもないのよ。

そう思っていたら、神戸往復の一泊だ。

東京駅というといままでは即座に大丸地下の「お弁当広場」でいろんな弁当を買っていたけれど、いまやここはベジタリアンには地雷いっぱいの危険地帯である。

困ったなあ、と思っていたら、駅構内の売店で「野菜たっぷり幕の内」というのを売っていた。おお、東京駅もやるじゃあないか。いままで肉食動物の目で見ていたからこういうケナゲなのがあるのに気がつかなかったんだ。すまんすまんと詫《わ》びつつそいつを買った。一〇〇〇円。

お店の娘もいきなり詫びながら弁当買っていくヘンなおじさんが来たのでびっくりしただろう。「きっとまずいんだろうなあ」と思って食べたらこれがうまいんだ。すまんすまん。カボチャ、ナス、海老芋《えびいも》の西京焼き、厚揚げ、五穀米飯、黒米飯。全部で五六〇キロカロリー、食塩相当量三・七グラムと表示してある。

ダイエットしているわけではないんだからカロリーはあまり気にならないんだけれど、ベジタリアン生活は結果的に確実に体重減になっていく。もっと沢山食わねば。

帰り、新大阪の駅弁にも「健康弁当宣言記念・特製幕の内御膳《ごぜん》」というのがあった。一三〇〇円と東京より高い。なんたって「御膳」だからな。さがりおろう東京一〇〇〇円平民弁当め！

東京の弁当と同じようにカロリーは七三五キロカロリー、食塩相当量四・五グラムとひときわ大きく書いてある。これの数値も東京より上である。

健康という尺度でいうとこれは東京のほうが上ではないのか。問題は中身だ。白飯、しじみ飯、うなぎ飯、黒糖いなり寿司、玉子焼き、海老芋西京焼き、伊勢鶏《いせどり》照り焼き、付け合わせ、と豪華版でっせ。

でもベジタリアンからするとだいぶ食べられないものがあるからこの東西判定は難しい。

これで外国に行くとどうなるのかなあ。北極圏ばかり行っていた二年前は毎日アザラシやカリブーの生肉ばかりで、あれはあれでけっこう健康的だったように思う。北緯六七度を過ぎると森林限界で植物がないんだものなあ。

ちゃんとした国際便にはベジタリアン仕様の食事が用意してある。あれを一度注文したいものだ。

四十年ぐらい前、キラー・コワルスキーというポーランド系のプロレスラーが来日したことがある。痩せて背がたかく、無表情ですごく強かった。このレスラーが野菜しか食わない、と知って日本人はみんな驚いたものだ。まだ日本にベジタリアンなどという言葉がなかったので「菜食主義者」などと言われていた。コワルスキーは日本滞在中、何を食っていたのかなあ、と今頃いきなり気になった。

2

隣人の口の中に放尿してはいけない

砂漠の小便の飛距離問題

以前ちょっと幼稚っぽい首相がしきりに言っていた「美しい国」が駄目だったのは誰も本気でこの国を美しいなどと思っていなかったからでしょうなあ。

「このみっともない国をなんとかしよう」

などと言うのだったら「おお、そうだな」ともっと国民の賛同を得られたかもしれない。「美しい国」という言葉そのものがすでに恥ずかしかったのは、実態もないのに「美しい」などと自慢したからなんでしょうね。だってそこらのおばさんが並んでいきなり「美しい私たち」なんて本気で言ってたらみんな笑うでしょう。

そこで今回は自慢について研究したい。

人はなにかしらのコンプレックスを抱きつつも、どこか自慢したいものがある。

会社の社会での基本は学歴でしょうか。

なぜ東大卒業生は「一応東大です」というのだろうか、とよく言われる。

東大という最高ブランド大学なのに「一応」とヘンにわざとらしくへりくだってると

ころがけしからん、と怒っている東大でないおとうさんがよくいる。

でもこれは、もしかすると、自分はこんなアホな顔してますが一応……とへりくだっての言い方なのかもしれない。

「まあなんというか赤門のある大学で……」

なんて言うヤツよりはいいような気がする。

となると「実態と表現」という問題になるのだろうか。

なにかコトあるたびに「あのぼく一応東大出てるのでこういう場合は……」なんていうのがいたら煩《うるさ》いけれど分かりやすくてかえって可愛いかもしれない。リーダーにはなれないだろうけれどね。

英会話なんかも自慢のひとつになるだろう。でもこれは学歴と同じで自分からひけらかすのはかなり問題がある。日本語でも十分通用するのにわざと英語で表現する、などという初歩の英会話自慢は分かりやすいからいいだろうけれど。

迷惑なのはカラオケなどですぐ英語の歌を連発するやつで、とうぜん自惚《うぬぼ》れ度もからまってくるので対応が面倒くさい。これはスペイン語、フランス語などそこにいる誰ひとり理解できない言葉になっていくにつれてどんどん「やな奴濃度」が増していくから注意しなければならない。

同じまわりが分からない言葉ならスワヒリ語とかヒンドゥ語とかグアラニー語なんか

で歌ってくれたらかえってカッコいいかもしれない。誰もわからないんだから間違えてもいいし、やってみる価値はある。

ぼくが体験したなかでもっとも鼻持ちならないのは家系自慢であった。

私のところは室町《むろまち》時代から続いてましてね、などと言うんだけど「はあ」としか対応しようがない。何度もいろんな人に言っているらしく、年度や人名などがスラスラで、歴史のお勉強しているみたいだった。そんなのいくら詳しく聞かされても明日のわしらの生活にはなんのタシにもならないんだものなあ。

過去の栄光のスポーツ披瀝《ひれき》も殆《ほとん》ど他人には迷惑といっていいだろう。

「あのさ、おれ中学のときに陸上やっててその場跳びで県大会予選まで行ったんだよ」

などと言われてもそいつがそのバーの便所まで横揺れ摺《す》り足でしかいけない超メタボ親父だったりすると返事のしかたに困る。

腕相撲自慢も迷惑なことが多い。話のイキオイで飲み屋やバーなどでやるおじさんがいるがグラスをはねとばしたりしてまわりが大変だ。

釣り、ゴルフ、草野球、絵画、将棋、写真、盆栽などといったポピュラーな趣味の自慢話は同好の士が集まっているときは何時間やっていても楽しく罪がないものだ。

これがコスプレ、女装、盗聴、などといったディープゾーンにいけばいくほどその自慢話は情報になり、対策になり、意味を持ってくる。自慢話も環境が大事だ。

刑務所では婦女暴行はバカにされ、思想犯は一目置かれる。ぼくはむかしそこらで喧嘩して警察署の代用監獄に入ったことがあるけれど最初は三人の房だった。すぐに何して入ったのかの話になる。ああいうところの自慢の尺度は罪の重さ順になるということを身をもって知った。

砂漠の探検では長いテントの夜に小便の飛距離自慢になった。とことん乾燥して水不足のなかで発射する小便のカタパルト（？）の長さや、膀胱《ぼうこう》の噴出圧力などにものをいわせる。

モンゴルの遊牧民の中に入ると視力自慢になる。毎日遠くを見るのが仕事の彼らは日本人の通常の視力の倍以上の視認力があって勝負にならなかった。夜目もきいてこれは日本人との視力の差よりもはるかに大きく動物的能力の差に近い。

彼らははじめはそのことの威力に気がつかず、日本人がすごいすごいと騒ぐものだから次第に自慢感覚になっていったのが面白かった。つまり「自慢」はすべて相対的なものなのだ。

だから自慢する当人の実力が直接関係ないペット自慢なんかにかかわるとどうも面倒くさい。よくあるのは犬同士、猫同士などの同好の士が盛り上がるやつ。あれは会話しているようで互いに相手の話は聞いておらず、自分のペットがいかに可愛く優れているかの話だけになっている場合が多い。

犬猫自慢などありふれたのではなく、もっと変わった、例えばヘビ自慢なんかだとどうなるだろう。

「あっそうなの。おたくのアナコンダは一二メートルなんですか。じゃあうちのを一回見てほしいなあ。一五メートルなんですがちょっと栄養過多ですかねえ。もう息子二人ほど呑まれてるんです」

こういう自慢は部外者にはけっこう魅力的な会話に聞こえるかもしれない。

男は酒自慢を普通にやる。これはアルコールに強いと単純に偉い、ということになるから男はやっぱりバカなのだ。不思議なのは大食いはあまり自慢にならない。

「餃子ですか。まあたいしたことはないんですが普通に二五〇個トカですね」

なんて妙に細っこいのがそんなこと言ったりしてけっこう本当に食ってしまうケースが多い。翌朝のウンコがバクダイに多くしかも圧倒的に臭そうだ。ウンコの臭さ自慢はまあないな。

わからないのは親父のブランドもの自慢。時計がどうのとか鞄がどうのとか、これはぼくには生涯わからないと思う。だいたい男の金のブレスレットとかブランドもののセカンドバッグって存在じたいが恥ずかしくないか。そういう恥ずかしいのを自慢するわけだから思考がついていけない。おまえのようなわからないやつは黙っていろ、ですか。はい。

固形燃料湯豆腐に明日はない

ホテルや旅館のあさめしがまずい。

まずは旅館部門で問題点をあげると、あの一人用のおもちゃの七輪みたいなやつがすでに相当アナクロなんだね。その上にさらにまたおもちゃみたいな鍋があってその蓋をあけると豆腐のかけらがふたつ入っている。

それをわざわざ固形燃料で沸かすところがなさけない。いまどき豆腐のカケラが二つ転がっている鍋を見て「おお！　湯豆腐だあ！　しかも自分で作れるんだあ」と嬉《うれ》しくなるお父さんがどのくらいいるのだろうか。

ごはんと味噌汁のウツワが小さいのもなさけない。あんたらあんまりいっぱい食べんなよ、と旅館の経営者が暗黙のうちに言っているのである。味噌汁の具が小さな麩《ふ》と、ゴミかと見紛《みまが》うばかりの切れっ端のワカメというのもなさけない。それで決まってぬるいのだ。味噌と汁が分離して田んぼのそばの水ための泥みたいに味噌が底に沈んでしまっている場合もある。それを箸でかきまわしている己れがなさけない。

小さな袋に入っている海苔はタンザクみたいにぎりぎりまで細くしてあり、たいてい味つけ海苔でこれが変に甘くて油っぽい。使い回しすぎで古いのになると塗ってある油で全部がぴったりひっついていて、これは「板海苔」というのだろうか？　なんて首をかしげたくなるのがある。諦《あきら》めながらそれを朝っぱらから手でぴりぴりひきはがしている己れが悲しい。だって見渡すとほかにたいして役にたちそうなおかずがないんだもの。

　メインにあるのは必ず小さなシャケ。いっけん焼いてあるように見えるがまず、ほとんど焼いたシャケなどなく、これは業務用の大量販売シャケで袋にいれたまま茹でるのである。茹でシャケ。うまいわけがない。

　そのまわりに合成着色剤たっぷりのいかにも体にわるそーな不自然な光沢をはなつハムの薄切りが二枚。そこにケサガケにどろんとしたマヨネーズがかかっている。ケサガケっていったってハムのどのへんが肩なんだかわからないんだけど。

　タマゴは料理が面倒だから生タマゴ。しかしタマゴかけごはんにしようと思ってもごはんがすっかり冷えているのでどうしようもないなんてことがよくある。そういう時の生タマゴの存在ほど虚《むな》しいものはない。当然残されるだろうしタマゴが嫌いな人も残すのでまた使える。もうわたし一三回転してますわ、なんて幸運というかあくどいというか、まあ不屈のタマゴがいたりする。いかにも大量に仕入れました、というような小さなキュウリなんかのしなびたおしんこがあって以上おわり。

　以前泊まった旅館ではレタスにポテトチップスをまぜたものが出てきた。サラダのつもりらしい。とにかくなにか出しときゃいいだろう、という開き直りのようなものを感じた。このあさめしがたいてい大広間にしつらえてあって、そこに浴衣というつまりは一晩寝た寝巻を着たままの客が並んでいるのも入院患者の会食みたいでわびしい。旅館のスリッパもわびしさを増す。風呂に入って折角きれいになった体と足は風呂から出たと同時に何万人が履《は》いてきたかわからない水虫菌たっぷりの永久使用スリッパに足をいれるのである。

ときおりこういうスリッパに「消毒済」なんていう紙が置かれていたりするが、なにかの薬品を噴霧器でシュッと一〜二秒軽くやっただけのものなのである。

同じように布団はよほど良心的なところでないとまず天日に干したりはしないから、その部屋におかれた布団はずっと太陽消毒に縁のないまま押し入れと部屋を行き来しているだけで布団としての生涯をおえる。せいぜいカバーが替えられる程度。日本旅館というのは基本的に汚いのである。

続いてホテル部門。

あさめしはもう殆どのところがバイキングという名の人件費節約システム。好きなものを気楽に食えるという利点はあるけれど、ここも都心の大手ホテル以外はまずろくなものはない。

ウインナーソーセージを煮たやつ。スクランブルエッグ、ベーコン、どこからか出来あいのを仕入れてきた何かの煮物やきんぴらゴボウみたいなやつ、マカロニとポテトサラダ。さらにヤキソバなんていうのが並んでいたりする。あとは納豆に海苔、サラダは栄養はないけどかさがあって見栄えのするレタスにプチトマトぐらい。これらは毎朝同じものが出されるのだからみんな大量ストック品と思っていい。実態はドッグフードとたいして変わらないのだ。

洋と和に分かれていてパンはともかく和食の大きな炊飯器と味噌汁の入った寸胴鍋《ずんどうなべ》がメインレストランのインテリアや気配にまったく合わないんだねえ。

炊飯器の横のところのしゃもじを入れるしゃもじ受けみたいなところに水が入っていて底に水びたしのごはん。まわりにもごはん粒が飛び散っていたりする。そのとなりでずっと熱をとおされている味噌汁は当然ながら煮すぎの単なる色つき湯。香りもくそもないもんね。たいていすでに椀《わん》の中に具が入っているがここでも小さな麩とワカメだ。旅館やホテル業の人は人生の中で麩とワカメの味噌汁しか飲んだことがないのだろうか。

遅い時間にいくと鍋のまわりに味噌汁が飛び散っている。つまりこの「めしと味噌汁」空間がホテルのバイキング朝食を飯場風にしているのだ。いや「飯場風」などといったら飯場に怒られる。飯場のめしはその土地でとれる魚や猪《いのしし》や山菜などをどかっ！と並べるところが多く、炊きたての飯はオシンコだけでわしわし食えるくらいうまいぞ。

二度ほど取材で食わせてもらったことがあるのだ。

ホテルのこの朝食バイキングには大抵「食事券」というのがあって入り口のところに

門番然として立ちふさがりこの食事券なきものは一切通さず、のような本末転倒男がかなりの率でいる。これがまず最初の大きな間違いなのだ。

このバイキングスタイル、韓国や南米は大体日本の百倍ぐらいの品数で朝の食事そのものの意味が違っている。

そこで日本貧弱朝飯の改革案。

うまい炊きたてのごはんに季節の具の沢山入った味噌汁。これだけで随分印象は違うだろう。そしてメイン料理の一品でいいから魚でも山菜でもその土地でその季節にとれたものを素材に地元のおばちゃんに何か作って貰えばいい。全国共通の味つけベタベタ海苔やままごと湯豆腐などはもういい。地方のホテルの経営者や厨房《ちゆうぼう》のチーフよりも都会のビジネス客ははるかに場数をふんで世界の味を知っているのだ。客を「豚の集団」となめてかかるとそこへは二度といく客はおらずこのホテル旅館戦国時代に生き残ることはできないだろう。

墓場と役場の時代

東北の山村をクルマで旅していた。田舎の夜の道を走っていてときおりギョッとするのはだしぬけに道端でギラッと光るもの。ヘッドライトに瞬間的に反射する墓石である。

田舎は寺に関係なくけっこうてんでに田んぼの真ん中とか道端などに墓がある。さきの市町村合併で寒村の人離れがさらに進んでいて、墓参の人も絶え、打ち捨てられたような墓も目につくようになった。村の人に聞くとどんどん人が減っていて、ここらはやがて「墓場と役場しか残らねえべなあ」などと言う。

石に沢山の文字を彫り込んだ日本の重厚で立派な墓は世界でも異端の部類に入るのだな、ということを認識したのはわりあい最近のことだった。はじめて日本にやって来た外国人と羽田空港から品川まで京浜急行に乗って窓の外の風景を見ていたとき、その外国人がまっさきに注目したのは墓だった。「あれはなんだ?」というわけである。こっちは見慣れているのでそれまでまるで目に入らなかったが言われてみると線路の両側にしばしば墓地が現れる。ヨソの国から来た人の目から見ると墓石の群落と、遠くの高層ビルとの風景のギャップがはなはだ奇妙らしい。

「東京は世界で一番地価が高いと聞いたけれど住宅よりも墓地のほうが優先するのか」

とその外国人が聞くのだ。

言われて気がついた。世界各国の墓の記憶があまりない。ベトナムの墓地が石を使っていてけっこう大きく、沖縄の亀甲墓《きっこうばか》に似ているな、というのと、あとはアメリカの郊外にある墓地公園だ。欧米はたいていそうらしいが墓地は美しい自然に囲まれた広大な場所にある。ロシアは郊外の寂しい荒れ地で何度か見た。都会の真ん中に墓地がある日本のような例は確かに珍しい。

もっというと、ぼくの見た世界の多くの国には墓地のある国が少なかった。だから墓地の記憶が乏しいのだろう。葬儀のやりかたにも関係してくるのだろうが、たとえばチベットの聖山カイラスに行くと平均標高五千メートルの巡拝ルートにときおり鳥葬場がある。人間の遺体を解体する「まないた岩」とよばれる大きな岩のまわりに沢山の衣服や髪の毛などが散乱していてそれだけ見ると凄惨《せいさん》な気配だ。でもチベットの鳥葬の考えかたは「ほどこし」である。ポア（魂の解放）の儀式をへたあとの人間の遺体はただの骸《むくろ》で、これを鳥の餌に最後のほどこしとする。

チベット人は死ぬとその人の写真や日記や服などの故人の遺品は全て放棄してしまい、生きていた痕跡《こんせき》をなくす。遺体が鳥に食われてしまったあとは骨もないから墓もいらない。戒名も三回忌もお彼岸もない。さっぱりしたものだ。

モンゴルの田舎には風葬がある。文字面はなにやら恰好いいがこれは早くいえば「野ざらし」。馬で旅したときに何度か見たことがある。あきらかに人間のものと思われる骨が散乱していてそれとわかる。

インドシナ半島のラオスとかミャンマーの奥地では遺体を櫓《やぐら》の上に乗せてあとは太陽と風、鳥や虫たちに委《ゆだ》ねる。一年たつと骨だけになるが埋葬はしないことが多いようだ。この方法は少し前のアメリカインディアンにも普通に見られる風習だ。

インドやネパールは今でも水葬。ガート（沐浴場）で遺体を焼くこともあるが布にくるんで川に流す土地も多い。インドのバラナシではガンジス川の上流から流されてくる遺体が強烈な太陽の下でたちまち腐敗し、体内からのガスで膨らんで全身を覆《おお》った布や紐《ひも》をやぶってナマの遺体を露出させる。上をむいた遺体は鳥たちによってまず目玉が食われるので顔がザクロのようにはじけていてなかなかすごいことになっている。

鳥葬、風葬、水葬の国では死んで地面の下に埋められることを嫌う。土葬は伝染病、犯罪者、自殺者などの人に行われることが多いからだ。

「お前は死んだら土の中だ」

というのが最大の侮蔑《ぶべつ》の言葉になっていたりする。

それとは逆に欧米では土葬の風習が長い。アメリカはベトナム戦争などで死亡した兵士の遺体の修復技術が進んでいる関係から遺体の防腐技術は世界一という。柩《ひつぎ》にも大量の防腐剤が仕込まれ、そのために地下に埋めた遺体になかなかバクテリアがつかず、結果的に腐敗せずミイラのようになっている例があるという。リッチなるがゆえにはからずもケミカルミイラを製造してしまったのだ。

カンボジアのトゥールスレーンはポル・ポトによる虐殺がおこなわれた所だが、その近くにある鎮魂のためのモニュメントはガラス張りのシースルーの塔で、そこにはおびただしい数の頭蓋骨《ずがいこつ》が収められている。これも凄《すさ》まじい光景だが、二百万人に及ぶという虐殺された人々の死の塔は怒りと悲しみの力をこめた世界でもっとも重い墓なき墓標だろう。

冒頭の話に戻るけれど、日本は津々浦々本当に墓だらけだ。墓は一族で一基つくるケースが多い。カロウト式という墓石の下の納骨石箱に先祖代々の骨を収容する。それでも死者は増え続けていくだろうから、墓は確実に日本全国にまだまだ増えていくだろう。

品川の墓のことがきっかけでいろいろ調べてわかったのだが、かつて江戸の町は寺だらけだったようだ。江戸城を作るとき広大なエリアで立ちのきが命ぜられたが、そこには沢山の寺と墓があった。これらの寺は引っ越しに際して墓石はおろかその下に埋まっている骨もそのまま置いていってしまったらしい。だから江戸期以降、東京につくられた公共施設、建物のいくつかは江戸時代あたりまで墓地だった跡に建てられている例が多い。掘りおこされず、骨の上に建物をたてられてしまったケースも多いだろう。東京の都心のビルなどにけっこう怪談話が多いのもこうした因果がからんでいるのかも知れない。けれどこの荒っぽい引っ越し作戦が無かったら東京の都心も品川のようにいまだに墓だらけの風景になっていた可能性がある。

大阪の通天閣の近くにある一心寺は檀家《だんか》や宗派をとわずに広く弔《とむら》いを受け入れたので一種の投げ込み寺のようになり、沢山の遺骨であふれた。一〇年ごとに、それらの骨をこまかく粉砕し、パウダー状にして塗り固めてひとつの仏像を作り、今はそれが七体（戦前に作られた六体は戦災で焼失）になっているという。「お骨仏」というそうだ。

これは実にいい考えではないか。

食べ物にも「賞味期限」があるように遺骨にも「供養期限」というようなものを設けて百年以上たった先祖の骨はもうみんなこういうお骨仏にしてあげたほうが「お骨」もカロウト式の冷たい骨壺《こつつぼ》の中に一人でいるより多くの仲間と団結して寂しくなくていいのではないだろうか。

あつあつカリカリのコブラサンド

先日、広尾のフランス料理店に連れていってもらったわけだ。フランス料理よりも居酒屋のもやし炒めのほうがいいんだけどコトと場合の流れというものがある。

こういう店のメニューを見るとむかしは焦《あせ》ったけれど今は笑える余裕ができた。

まずは、

「ランド産窒息仔鳩《こばと》のロースト、きのこ添え」これつまり「ランド」というところの仔鳩ですかね。ランドの鳩はとびきりうまいのだろうか。行ったことないからわからんのよ。しかも窒息させているところがすごい。でもって仔鳩ですよ。かわいそうに。なあくなあ仔鳩よお。

「和牛尾肉と豚足、フォワグラのアンクルート、プチ・ニース風、レバーにパルマンティエールを添えて」

でたあ。

アンクルートがわからない。プチ・ニース風と言われても行ったことないからわからない。パルマンティエールを添えてくれるらしいがパルマンティエールがわからないから具体的に何がどう添えられているのかもわからない。わからないものばっかり。

でもこういうのは実際に出てくるとたいていどうってことないのね。この「ナントカ風」というのと「〜を添えて」というのがくせものなんだな。

もっと高いほうのメニューにはこういうのがあった。

「最高級、ビュルゴー家のシャラン鴨《がも》のロティ、幻の卵の半熟蒸し、お魚のポアレに彩り野菜の軽い煮込みを添えて」

ビュルゴー家のシャラン鴨様を食ってしまっていいのだろうか。ビュルゴー家は勿論《もちろん》、ロティもポアレもやっぱりわからない田舎者なので、これだけ見ていてもあまり食欲わかないのが悲しい。

こういうのをおれたちもフランスへ行ってやってみたい。

「山梨牛の薄切りと水戸玉葱の醬油煮《しょうゆに》、南浦和《みなみうらわ》風、生玉子を添えて」

なんていっても埼玉県南浦和駅前のたんなる安い牛丼だったりする。牛肉問屋が山梨にあっただけなのね。玉葱なんてどこのでもいいんだし。

この伝でこれまで世界のいろんなところで食ってきたものを書いてみることにした。

「ラ・プラタ水系のメガネカイマンの塩焼きグアラニー風、パルミットの水煮を添えて」

解説すると南米のラ・プラタ川の中流域にいるグアラニー族というつい数年前まで裸族だった人々のめし。ワニの丸焼きに塩を少しパラパラふったもの。パルミットというのはバナナみたいな植物の新芽のようだった。なかなかうまそうでしょう。

「野生カリブーの超新鮮まだ少し温かい生肉。胃袋じかどりの苔《こけ》の酢の物を添えて」

カナダの北極圏バフィン島の湖畔にあるチャーチル村のカリブーの狩人にくっついて行ったときの最初の獲物。撃ち殺して一時間ほどしてから生の肉を切りとる。カリブーの胃袋はツンドラに生えている苔で常に満杯になっている。これをバターかジャムのように生肉になすりつけて食べる。胃酸の香りと獣味がついて新鮮な生肉にここちのいいアクセントを添えてくれます。

「灰色アザラシの手摑み式野趣造りの生肉に小腸熟成ポタージュ風味、芋虫型サプリメントを添えて」

アラスカのエスキモーが好む郷土料理の一種。生肉は調味料不要。スープがわりに小腸をしごいてその中身を吸う。ときおり筋肉と皮脂肪のあいだにいる寄生虫をつまんで食べる。寄生虫であるから宿主の養分をたっぷり吸って栄養豊富。動くサプリメントとして人気抜群。サブメニューにお勧め。事前予約注文制。

「砂トカゲの蒸し焼きアボリジニ風。ウィッチティグラブの青汁を添えて」

オーストラリア内陸部のブッシュメンの集落で遭遇した。砂トカゲは本体が五〇センチぐらい。尻尾《しっぽ》をいれると一メートル近かった。地表は四五度前後と暑いのでいつもは地下三〇センチぐらいのところにもぐっている。これをアボリジニの主婦が引っ張りだして臓物をとり、ブッシュの下にまた埋めてその上で焚き火をする。三〇分もするとこんがり焼けて香ばしい蒸し焼きになる。これにゴムの木の根につく蛾《が》の幼虫、巨大なウィッチティグラブの青い汁をたっぷりかけていただく。まったりとして旨《うま》い。

「吠《ほ》え猿とアマゾネス馬鈴薯《ばれいしょ》の田舎風塩スープ。ファリーニャを添えて」

奥アマゾンのネイティブの一家の御馳走《ごちそう》に呼ばれた。ネイティブは猿を撃ってもいいことになっている。猿一匹分の肉とジャガイモを塩味で煮る。サルジャガだ。これにマンジョカ（マニオク、タピオカ、キャッサバなどと呼ばれる芋）をダイコンオロシのように擦《す》ったファリーニャと称するものを大量にふりかけて食べる。さらに奥地に行くとワイカ族の郷土料理、巨大な刺し蟻《あり》を熱湯にさっとつけて食べる「アリシャブ」がある。

「ヌートリアのアルゼンチン風ちゃんこ鍋、鯰《なまず》フライを添えて」

場所はアルゼンチンの奥地ティグレ地区。パラグアイ川中流の浮き島が沢山集まっているエリアである。簡潔な料理名のわりには手がこんでいた。ヌートリアというから「かわうそ」かと思ったら猫ぐらいある巨大な水ネズミであった。浮き島に沢山棲息《せいそく》している。この肉とジャガイモ、ニンジン、ネギ、コメをいれて長時間煮る。塩と油が調味料であった。ちゃんこ鍋に似ていた。

「メコンデルタ産の純正コブラサンド・カリカリ風味。お好みハーブを添えて」

ベトナムのメコンデルタの市場はたいてい生きた蛇を各種とり揃えて売っている。無毒蛇と有毒蛇とあるが有毒のほうが人気で、いちばんうまいのはやはりコブラだ。生きているのを買うとすぐに解体してくれる。首を落とし皮を剝《は》ぎ、長さ二〇センチぐらいに分断しても、それらがまだぐねぐね元気に動いているところがいかにも新鮮つーか、気持ち悪いつーか。骨をとってこれを唐揚げにする。

ベトナムはフランス統治が長かったのでこういう市場にはたいてい自家製フランスパンを売っている店があって大変うまい。さらにパン屋はしばしば蛇屋の隣だったりする。縦割りにしたフランスパンにその唐揚げをはさみ、ミント、コリアンダー、バジル、セージなどを添えてベトナムソースをかける。できたてアチアチカリカリのコブラサンドである。これがシャキシャキしてうまい。各家庭でつくるのは難しいかもしれないがぜひおためしくださいませ。

日帰り誘拐

日本が平和だな、と思うのは夜の銀座を眺めるときですね。一時や二時といった遅い時間に銀座七丁目や八丁目の小道にバーやクラブ帰りの酔っぱらいがいっぱい歩いているでしょう。

ややふらつきながら幸せそうなおとっつぁんが数人連れでなんの警戒も用心もなく、鞄やお土産などを持って歩いている。

通りには予約客を待っている黒塗りのハイヤーがいっぱい並んでいる。和服ホステスの、あのなんというのか不思議な盛り上げ髪や色とりどりのヒラヒラドレスのオネーさんがそんな客を送っている風景もいっぱいある。

あれはよその国の盛り場にはあまりない「世界一平和でゆるーい風景」のように思う。欧米にはこういう風景は殆どない。酔っぱらって数人で盛り場を歩くという習慣がないからですね。

以前、パラオの族長（分かりやすく言うと酋長《しゅうちょう》）が日本の銀座に来たとき、ずらっと並んでいる黒塗りハイヤーの列を見て「革命がおきたのか！」とびっくりしていた。

先進国から見ても途上国から見ても夜の銀座はかなり異常な風景なのだ。

アムステルダムなどの危険なエリアには店ごとに用心棒がいて、こいつらがあんがい危険だったりする。大男の多いオランダは用心棒あがりの格闘家などがけっこういてK－1やプロレスの選手になっている。

以前アフリカのナイロビの夜の繁華街を四人で歩いていたとき、一番端にいた友人の小さな鞄を後ろから猛烈な速さで走ってきた男にひったくられたことがある。

若い男だった。全員で全速力で追っていったが現金とパスポート入りの鞄はフットボールの球のように遠くに投げられ、それを別のやつが受け取ってさらに走り、最初の男は路地に消えた。次の路地にドアをあけた車が待っていて鞄を受け取った二番手のカッパライはそれに飛び乗ると素早く夜の闇《やみ》に消えた。

近くにいた男が自分の掌《てのひら》にマジックで逃走したクルマのナンバーを書いて見せてくれたが、そいつもグルでデタラメの番号だった。

盛り場にいるみんながグルで不用心な観光客を全員で狙っている、というおそろしい構図はマニラやバンコクでは当たり前だ。

子供の頃から親にも他人にも殴られたことのない（殴り合いの喧嘩ひとつしたことのない）日本の多くの若者が、日本を歩いている感覚でこういう盛り場に恋人などといちゃいちゃ歩いているとたちまち標的だ。

アジアによくある通称「ドロボウ市場」などにいるのは店の人もまわりの客も全員ド

ロボウだったりする。日本のアホバカカップルはよく目立つから、こんなところにふら入ってきたらその瞬間からまわりにいる全員に見られている。実際にジロジロ見るということはしないけれど、でもみんな「獲物到来」を喜んでしっかり見ている。知らないあいだにスられる場合もあるし小道に入っていったりすると殴られたりする。子供の頃から喧嘩をしていないので、殴られ慣れしていない「世界で一番実戦経験のない日本の若者」は、そこですぐに有り金出してしまえばいいのだけれど、ラガーなんかで体だけ大きくて、そばに彼女がいるのでいいかっこして歯向かったりしても勝ち目はない。

タイなんかはみんなムエタイ（タイ式ボクシング）の心得があると思っていい。小柄だけれど強い。そういうのに生まれて初めて殴られるとショックが大きく、これは殺されると思って逆上し、そこらにあった鉄の棒で思い切り相手を殴ってしまい、たちまち殺人者、という例がタイであった。

国際化というのはこうした「犯罪の相互交流」も含まれるから、ビジネスや観光情報だけでなく、世界の庶民的暗部も研究してから外国に行く必要がある。

おしゃれなヨーロッパの盛り場でのワイントリックもけっこう本当に使われているらしい。安物のワインを抱えたオトリがこれは、と狙った観光客に街角などで出会い頭にぶつかって持っていたワインを落とし、割れてしまったそれがとんでもなく高価なワインだったと大騒ぎし、まわりの仲間が集まってきてさらに騒ぎ、弁償として大枚を払わせる、という幼稚なサギだが、金持ち日本人などはけっこう狙われているらしい。

「おれおれ詐欺」が流行ってきた日本にいつか上陸するのではないかと気になっているのが中南米などで流行っている「簡単誘拐」だ。

狙われるのは観光客ではなく、その街に住む住民。とくに中年のサラリーマンや裕福そうな家の子供など。専門チームができていて、狙った標的を街角で誘拐する。まあ拉《ら》致《ち》である。アジトに連れていって家の電話番号などを聞き出し、身代金を要求する。その身代金があんがい安い。たとえば日本でいうと三〇万円とかせいぜい五〇万円。

「おたくの亭主を誘拐した。ついては三〇万を振り込め」

などと言うらしい。妻のヘソクリとか家の貯金などで払える額だ。すぐに振り込むと早い例ではその日のうちに人質は解放される。

「日帰り誘拐」なのだ。

これが流行っている国でのジョークに「自分が誘拐されたとき妻がどう反応するか」という亭主族の不安がある。

「うちの亭主はもう必要ないからどうでも好きにしていいわ」

などと言われはしまいか、という不安である。自分が誘拐されたときのために、自分の身代金を貯《た》めて妻に預けとく、という苦肉の策が考えられる。でも妻がその金をめあてに亭主の釈放を放棄する、という不安もあって悩みはつきない。

そういう簡単誘拐のチームがいくつもあるというアルゼンチンのブエノスアイレスに行ったとき、こんな騒動があった。

レストランで飯を食っていたらなんだか外が騒がしい。沢山の人が黒っぽい服を着て手に手に平らなロウソクを持って歩いていく。現地のジャーナリストに聞いたらその「簡単誘拐」にたいする抗議デモだという。

どうやら国家がその背後に関係していたらしい。それに対する十万人の抗議デモで、レストランに戻るとテレビで集会の様子が放送されているのに気がついた。

身代金支払いのタイミングがずれて息子を殺されてしまった小さな工場の社長が、広場の高い所に立ってなにかしきりに訴えている。十万人のデモだからもの凄《すご》い騒ぎだ。テレビはコマーシャルなしで何時間も放送していた。でもこのデモのことは日本のマスコミはまったく報じていなかった。

身代金誘拐は大変重い罪になり、三〇万や五〇万の金額では割にあわないから真似《まね》しないほうがいい。犯罪国際化時代だからそう書いておかないと心配になってきた。

隣人の口の中に放尿してはいけない

寝るときに読む本は注意する必要がある。つまらなくてもだめだし面白すぎても困る。その困るおもしろ本を紹介したい。

『世界一くだらない法律集』（デヴィッド・クロンビー＝ブルース・インターアクションズ）というポケットタイプの一冊。

著者はイギリス人で、ある事件に三〇〇年前の法律が適用され、法廷でそれに翻弄《ほんろう》されたことがきっかけとなり（つまりは頭にきて）世界中のくだらない法律を集めたらしい。

まずは自動車関係。

・運転中は、車の前を誰かが旗を振りながら走って馬車に自動車の接近を知らせなければならない。（デンマーク）

相当古い法律なんだろうけれどこの本の英国での初版二〇〇〇年にはまだ施行されていたようだ。法律は立法施行されるとなかなか廃止にならないからこういう事態になるのだろう。自動車より先に走っていって旗を振っている人の姿を想像しただけでもおかしい。もっとすごいのはアメリカの州法。

「馬が道で車とすれ違うのを嫌がったら、車の持ち主は車を分解し、部品を茂みの中に隠さなければならない」（ペンシルヴェニア州）、分解ですよ。

・夜間に田舎道を走っている車は一マイル（一・六キロ）ごとに花火を打ち上げ一〇分間待って路上に誰もいなくなってから再び走りはじめること。（ペンシルヴェニア州）

・どんな車であれ、ゴリラを後部座席に乗せてはならない。（マサチューセッツ州）

・目隠しをして車の運転をしてはいけない。（アラバマ州）

次は飛行機もの。

・飛行中の飛行機に乗り込んではいけない。（カナダ）

・飛んでいる飛行機からヘラジカを突き落としてはならない。（アラスカ州）

・飛行機の乗客は、飛行中に飛行機から足を踏み出してはいけない。（メイン州）

まあ昔の飛行機だからこういう決まりがあってもおかしくはない。次からのはたぶん本当にそういうことをした奴がいたから制定されたのだろうと考えるしかない法例のいくつか。どうしてそんなことをしているのかしばし考える必要があって解釈と鑑賞にやや時間がかかる。

・窓からベッドをぶら下げてはいけない。（イギリス）

・風にむかって鼻くそを飛ばしてはいけない。（アラバマ州）

・七面鳥をつついてどれだけおとなしいかを試してはいけない。（ロサンゼルス）
・ゾウをパーキングメーターにつないでおいた場合、自動車と同じ駐車料金を支払わなければならない。（フロリダ州）
・燃えている建物の中で食事してはいけない。（シカゴ）
・銀行強盗を働いた際に、出納係を水鉄砲で撃ってはいけない。（ルイジアナ州）
・隣人の口の中に放尿してはいけない。（シャンペーン）
・コンサートが開催されている時にピーナッツを食べながら舗道を後ろ向きに歩くのは法律違反。（グリーン）

怖いのも沢山ある。セントルイスの州法では「教会でおならをすると終身刑」だし、ネブラスカ州では「子供が礼拝の最中にゲップを我慢できなかったときは親が逮捕される」し、リトル・ロックでは「公道で男女がいちゃついたら三十日間の拘置刑に処せられる」のだ。いちゃつき三十日拘置などというのは日本にも即時導入していただきたい。

ほかにも日本で施行されていたら逮捕者続出というのに「車の後ろにティッシュペーパーを積んでおいてはいけない」（オクラホマ州）、「列車に乗っているときに居眠りするのは禁止」（ウェストヴァージニア州）、「ズボンやジーンズを下着が見えるほど下げてはいてはいけない」（コネルズビル）、「風呂に入りながら歌をうたってはいけない」（ペンシルヴェニア州）なんていうのがある。そうなると温泉旅館なども逮捕者続出だろう。

しばし考え込むのは次のこういう法律。

・セックスの最中、女性が絶頂に達している時に、男性が銃をぶっ放すのは禁止。（コナーズヴィル）

確かにぶっ放すものが違うように思うが「めんたまつながりのお巡り」（わかりますね）じゃないんだからその男はなんでそんなときに銃などぶっ放したのかその理由を聞いてみたい。

カップルが肉屋の冷凍肉保存室の中で立ったままセックスをするのは禁止。（ニューカッスル）なんてのもある。では寝ていたらいいのか。寝たら寒すぎて立っていたのだろうなあ。その二人は誰かに外から鍵をかけられたら！　などと考えなかったのだろうか。さらにそれほどまでなのだったら禁止などと無粋なことは言わず温かく見守ってやるのが人情ってもんじゃないのか。冷凍庫なんだぞ。

・男性は自分の妻をベルトか革ひもで殴る権利を法律で認められているが、ベルトの幅は五センチ以下のものに限られ、もっと幅の広いものを使うときは妻の同意を必要とする。（ロサンゼルス）

読者の誰かこの法律の解釈と説明をしてくれないだろうか。

かと思うと「オンドリは市内で鳴いてはいけない」（オンタリオ）、「犬は午後六時をすぎたら吠えてはいけない」(リトル・ロック)、「ミツバチはどこの通りであってもその上空を飛び越えたり、通りに沿って飛んだりしてはいけない」(カークランド)、「猫と犬は喧嘩してはいけない」(バーバー)、「猿はタバコを吸ってはいけない」(サウスベンド)なんていうのがあってミツバチや犬猫も用心しないといけない。「巣に帰ろうとしている鳩を邪魔して遅らせたり、つなぎとめたりするのは禁止」(ニュージャージー州)は、鳩から涙の訴えがあったのだろう。

・溺《おぼ》れている人間を救うとその人間の運命に影響を与えることになるので法律違反。(中国)

・囚人を釈放するときは、町から出ていきやすいように、刑務所が弾をこめたピストルと馬を提供しなければならない。(アルバータ州)

・キリンの背中に乗って釣りをしてはいけない。(ボイシ)

・警官は犬に噛《か》みついておとなしくさせてもよい。(ポールディング)

・市内で核爆弾を爆発させると五〇〇ドルの罰金。(チーコ)

謎にみちた楽しい法律がこの本にはまだまだいっぱいある。

食ったラーメン五万杯

『小説新潮』で一年半にわたって、基本的には冗談企画ながら「麺の甲子園」というのを取材、連載してきた。四、五人による「麺食い巡礼団」のような取材チームを編成し、満腹行き倒れを繰り返しつつ、北海道から沖縄まで行脚し、日本で一番うまい麺を捜し求めて三千里。

食った麺類約五〇〇ドンブリ。ここでは景気よくタイトルは五万杯としたもんね。あらゆる麺を求めたが、日本はラーメンが圧倒的な国民食になっているのを確認した。優勝校じゃなかった優勝麺は久留米市の大衆食堂のような「沖食堂」に決まった。高校の隣にあって学生から子供、町のおばちゃんおじいちゃんまで楽しそうにおいしそうに食べている。

うどんとラーメンの中間ぐらいの「支那《シナ》うどん」が最高傑作。この店の麺はすべてうまかった。オプションの小さなグリーンピースのおむすびもたまらない。「おむすびの甲子園」もやりたくなった。

この取材企画が終わると反動がきたのかぼくはラーメンをまったく食べなくなってしまった。というよりもかなりのベジタリアンになってしまって肉や脂ぎったものは食べる気がしなくなった。

本誌のこのコラムの連載開始時に「ベジタリアンになった」と騒いでいたのはそういう背景もあったのだ。ラーメンはコントロールして食わないといけない食い物なんだな、という体験的経緯もある。

いわゆる行列のできる店にも行った。これまで行列に並ぶくらいならすいてる近隣の店で充分、と思っていたので、この取材のためにはじめて何店も並び、実際に体験してわかったのは、行列のできる店が必ずしもうまいわけではない、という事実だった。

たとえばとかく話題の横浜の家系ラーメンとか、東京の有名行列店の多くは、基本的に豚骨醤油味のいわゆる今のラーメン好きの人たちの好みのストライクゾーンをダシの中心にしているだけ、という内情が見えてきた。店による秘密のダシとか隠し味なんていってるが大体の内容は同じ。

テレビのうまいラーメン探訪番組などでタレントが大袈裟《おおげさ》に感動しているのは仕事上のかなりの過剰演技と思ったほうがいい。人気店のいくつかは、麵は硬めに、とか軟らかめに、味はすっきりとかこってりとか、トッピングは何などといろいろ細かく微調整のオーダーを受けたりしているのだが、そういうのはセコイしかえってわずらわしい。その店の「堂々の勝負味」という決め打ちがないのか！　とかえって不思議に思ったものだ。

流行りの店に開店前から並んでいるのは小太りうつむきかげんのラーメンおたくふうが中心でかなり若年性メタボっぽい。行列には共同幻想があるようで、その基本は幼稚で画一的。雑誌などのうまいラーメン紹介記事は孫引きが多く信用できないのに。我々の「出口調査」ではそういう情報でくる客がけっこういた。

行列ができるというので店の親父が「おれ、もしかすっと名人なのかな」なんて勘違いして妙にエラそうになってしまって、ラーメンができるのを待っているあいだの客の私語を禁じたり、週刊誌などを読むのを禁じたりしているアホな勘違い店もけっこうあった。

作務衣《さむえ》に頭タオル。顎鬚《あごひげ》はやしてしかめっつらの「ラーメン道」やってる店主も多い。そのため店内が無意味に緊張していたりして東海林《しょうじ》さだおさんのマンガそのままの笑える店もあった。もっともそこにいるときはぼくも無意味に緊張させられたけど、緊張ラーメン食わせてどうする。店内に不気味にひびくずるずる音。味がわからん。でもこういうところにきて怒られるのをひそかに喜んでいる客もいるみたいだからちょうどいいのかもしれない。SMラーメンだね。あなたたちずっとそうやって無意味に互いに緊張していなさいね。

反対の「叫ぶ店」にも辟易《へきえき》する。けっこう多いのだ。ガソリンスタンドや居酒屋にも叫び系が多いけれどガソリンスタンドは危険防止だったり、居酒屋は酔客が騒々しくてオーダーが聞こえない、というのがあるのだろうけれどラーメン屋の無意味な叫び声はドンブリの中にツバが飛ぶだけであんまり意味がないように思う。

函館の有名店にそういう典型があった。味はよかったけれど何しろ絶叫がうるさくてただの勘違い経営。店の人みんなが大きい声をだしていて活気があっていい、なんて客は誰も思っていないようなんだけど。

結局静かにこの道何十年、という感じでやっている地方の地味な店においしいのがある。先代から続いたこの味一筋でやっているだけというような店がいいのだ。こういうところはたいてい地元の常連客が中心客層だから中に入って黙って座るとすぐに察しはつく。厨房に複数の人が入っていて休みなく働いており客席に聞こえるような私語はなし。目先のきいたフロア係のおばちゃんなんかがいる。汚れた週刊誌などは置いてなくテレビもない。テーブルに占い灰皿もない。

例を言えば旭川「蜂屋」。酒田「川柳」、辛味おろし蕎麦では福井の「新保屋」と勝山の「八助」。広島の小鳥系ラーメン、鹿児島の「くろいわ」と「こむらさき」、沖縄の「亀かめそば」。

札幌の味噌ラーメン、名古屋の味噌煮込みうどん、長崎のちゃんぽんはすっかり観光客におもねて類型化した。「味噌煮込み」や「ちゃんぽん」は驕《おご》りがあるのか高すぎる。

土地もので評価したいのは山梨の「ほうとう」、大阪の「肉吸いうどん」、「伊勢うどん」、「徳島ラーメン」、仙台の「うーめん」もうーめんかったよ。

東京は神田、浅草、赤坂あたりの老舗《しにせ》のもり蕎麦が圧倒的だった。蕎麦をひと箸もちあげてつゆにひたしてすすった段階でもうはっきりわかる。もり蕎麦は老舗にかぎる。

讃岐《さぬき》にあるうどん店の半分はとにかくうまい。とくに自分のところで小麦粉を練ってその日の朝、人間が足で踏んでいるところはまず間違いない。これはわかりやすい。立ち食いでうまいのは新潟万代シティバスセンタービルの一階と東京新宿オペラシティに面した西側角の店「加賀」。

逆にまずい店のポイントもわかってきた。店内の従業員がデカ声で私語をかわしているところ。プロじゃない。驚くほど沢山のメニューがあるところも信用できない。有名人の色紙がいっぱい貼ってあるところ。

モラルのない店もある。いちばんひどいのは客の残したスープをザルでこしてまた回収し、それを使っていた店があった。やめさせられた従業員のタレコミで保健所が入って数カ月の営業停止をくらったが、それまではうまいうまいと評判で行列ができていたそうだ。

空港とインド人が嫌いな別々の理由

このところ飛行機旅が四回も続いていて、空港に行く朝というのが精神的に嫌になってきた。空港が嫌いなのだ。不登校があるんだから不空港というのがあってもいいんじゃないか。

「ふくうこう」

なんだか意味がわかりません。

なんで空港が嫌なのか考えたら、やっぱりヒトが多すぎるからだ。お前が行くから増えるんだ、という意見もあるが、新幹線はそんなに嫌な気分にならないのは手続きのもんだいがあるような気がする。

空港の手荷物検査がそのひとつ。

あそこにいる係のヒトは一人一人に、

「荷物を横にしていいですか。カバンの中にパソコンは入っていませんか」

「ポケットにケータイ電話や金属のものは入っていませんか」

と聞く。同じことを一人一人に必ず聞いているのはそういうマニュアルになっているからなのだろうけれど、考えたらずーっとそれをすべての通過者に言うのはヘンなんじゃないのか。係のヒトだって大変だろう。

一人一人にそう言っているのはそのような状態のヒトがいるからなんだろうけれど、もう少しなんとかならないのだろうか。

入り口のところに浅草の雷門にある仁王様みたいなのを立たせて睨《にら》みつけ、大きく書いたその文字をピカピカさせるなんてのはどうだ。見ないやつは仁王さまが踏みつけてしまうとかいろいろやりようはある。かえって人気になるかもしれないし。

今日は暇だから空港に行って仁王さまに何人踏みつけられるか見ていよう、なんていう人がやってきてもっと混んでしまうかもしれないからやっぱりダメか。

カバンの中にパソコンを入れたままにしているやつはアホなんだからそれでいいんじゃないか。いやパソコンをレントゲン装置の中に通すとレントゲン装置が爆発してしまうからなのかも知れない。

でも「ポケットに何か金属のものが入っているかいないか」などということはあの逆U字のレントゲンのゲート装置が鳴るか鳴らないかにまかせていちいち全員に聞かなくてもいいのではないのかね。

いつもそう思って通過するんだけれど、それでもやっぱり毎回そう聞かれる。

新幹線はそういう質問をしない。東京駅まで行くタクシーもそんな質問はしないね。

飛行機に乗るときに「お年寄りや小さなお子様連れなどのお客さまの優先搭乗」をや

るようになったのはたいへんいいことだけれど、そのあとナンタラカンタラのカードを持っている人やナンタラコンタラの会員の人を優先させる、というのはなんかいやらしい。あれを聞いているといろんなカードがあるのがわかるけれどそういうのを持っていないパパはなんだかわからない。それでなくとも世の中カードだらけの生活なんだからもうこれ以上カードをどうこうするのはやめようではないか。

その優先されるナンタラカンタラ系の人が偉そうに入っていく。たまにはTSUTAYAのカードを持っている人を優先させたらどうなんだ。

ANA系は一一月からチケットのすべての通過システムが二次元バーコード式になってまたさらにハイテクになってしまった。なにかイトクズみたいなのが小さな四角になったのがチケットに描いてあってそれに全てが書いてあるらしい。不思議なのだ。今はケータイ電話でもいろいろできるらしい。パパはますますわからない。

以前のやりかたではなにかまずかったのだろうか。あんまりどんどん変えないでほしいです。全部いちどきにハイテクにしないでほしい。全部ローテクのわしらはいちいちまごついてしまうのよ。世の中これから老人がどんどん増えていくというのになんでもかんでもハイテクにしていってどうする気なんだ。

むかしはのう、手書きの搭乗券という時代があった。そのもっと前の江戸時代は「通行手形」のほかに「人別帳の写し」と「空中移動許可書」などというものが必要だったからその頃から比べると今のバーコードはあまりにも一瞬すぎて張り合いがない。

飛行機の席はたいてい指定されている。中国の飛行機だって指定されている。でも中国人はそんなのみんな無視して好きなところに座ってしまうことが多い。

「そこは私の席なんですが」

と言うと、空いているそこらに座ればいいじゃないか、とえばって言うのだ。そう言われて空いてるそこらに座ってしまう自分が悲しい。中国人は嫌いだ。

日本人はみんな正しく自分の席に座る。隣の席に誰もいないと、このまま誰もこなければいいなあ、と思う。みんな座ってまだ自分の隣が空いていると早くドアをしめて早く飛び立ってほしい、と思い、じっと入り口のところにいるスチュワーデスを熱い目で見たりしている。今はスチュワーデスとは言わずキャビンアテンダントというそうだ。看護婦も駄目で今はみんな看護師だという。ナースと呼ぶのも駄目だという。こういうのはいったい誰が決めるのだろう。どんどん夢がなくなっていく。どんな夢だ。

飛び立つ寸前についに隣の席の客がやってきたりする。よく搭乗待合室で「どこどこ行きのダレソレさんはいませんかあ」などと叫んで走り回ってさがしている航空会社の女性がいるが、ああいう人が遅れている奴を見つけて連れてくるのだ。遅れてしまった奴が悪いのだからほうっておいたらどうなんだ。

そいつはやや荒い息して隣の席に座る。男の香水の匂いなんかモワーンと流れてくる。

「ううっぷ」

やがて飛行機が空中に上がるとそいつはテーブルを倒してその上にコーヒーとかパソコンとか書類なんかを置き、リクライニングシートをいっぱいまで倒し、フットレストをいっぱいまであげ、間もなく眠ってしまうのである。こっちがトイレに行きたくなっても行けないのだ。

おばさんもそうする。ハンドバッグや化粧セットや何かのフクロなど持ってきた家財道具の全部をのせてやっぱり寝てしまう。

日本の飛行機でいいのはトイレがいつも綺麗《きれい》なこと。

外国ではインド人が入った直後のトイレには行かないほうがいい。インドの国内便に乗ってトイレに行ったら、いましがた出したばかりのようなでっかいウンコがおちていた。しかも鼻三重まがりのやつ。意味がわからなかった。頭くらくらさせて小便をして出たら次の人が待っていた。おれじゃないからね、といってすぐさまニゲタ。インド人は嫌いだ。

3

心より新年をお詫びいたします

ドイツの夜霧よ今夜もありがとう

どうもわからないのは「接待」の酒がそんなにいいのかなあ、ということなのね。「料亭」の宴席というのを幾度か体験しているけれど、そこで出る料理がとびきりおいしい、というわけでもないし、着物をきてしゃなりしゃなりのお姉さんはあまりいなくてぱさりぱさりのおばさん以上が圧倒的に多い。年季があるから言葉は丁寧だけれど場あしらいが先にきてまごころというのはあまり感じないことが多い。

さらにあの必要以上に小さすぎるグラスでビールをお酌してもらったりお酌したりというのもなんかしゃらくさい。

接待してくれる先方のエライ人がお酌してくれる。どのくらい偉い人なのかしらないけれど手の甲にシミがいっぱい浮きでているようなじいさんにお酌してもらってもうれしくともなんともないんだもんね。ビール瓶が重いのかふらふら揺れて差し出すグラスとぶつかってカチカチカチ鳴ってたりするの。そういうお酌をしてもらうとき「あっこれはこれは恐縮です！」なんて裏声になっちゃってかしこまって座りなおして両手で小さなグラスを捧《ささ》げ持ったりしている会社の偉い人、なんていうの、そういえばけっこうこれまで見たことあるなあ。

官僚とか経営者とか政治家の世界の料亭というのはまたしつらえのレベルが違うのだろうし、かれらの接待の主な目的はそこで語られる秘密的会話にあるのだろうなあ。

「おぬしも悪よのう。ぐふふふ」というやつね。

密室のサケは常になんだか怪しい。どうせ怪しいのならわけありのいい女と差し向かいでやったりとったり。雪見障子《ゆきみしょうじ》のむこうには本当に雪がチラチラしてきました、なんてまあ絶対にあり得ないからそんなこと言っててもしょうがないか。

これからクリスマスとか忘年会のシーズンだけれど、もうひとつわからないのが週刊誌なんかによく出ている、羽振りのいい有名人が、ロマネコンティなんかじゃんじゃんあけてのどんちゃん騒ぎ、というやつ。高級ワインをじゃんじゃんあけてガブガブ飲んでうまいんだろうか。

金持ちの中国人がビールにワインにマオタイにブランディと全部並べてそれらをかわりばんこに飲んでいる席の隣にいたことがあるけれどなんだか人間の真似《まね》をしているサルみたいで金持ちはバカだ、というわかりやすい見本だった。日本のロマネコンティガブガブ飲みもそれと似てる。

もっとバカなのはアメリカの安バーだ。自由の国というけれど、いたるところからマリファナの匂いが漂ってくるし、音楽ガンガンだしみんなでっかい声だし、そこらにころがっている人もいるし、本気の頽廃《たいはい》ってこうなのかというのがよくわかる。これを真似しているのがバンコクやマニラの多国籍バーで、カウンターの上で半裸の女が踊ったりしている。でもそれのほとんどがオカマだったりして、本当の女より綺麗《きれい》なんだ。

いままで見てきた風景でかっこいいなあ、と思ったのはスコットランドのエジンバラのバーだった。基本的に石で作られている国だから店の中も石の壁。スコッチウイスキーの国だから飲むのも最初からウイスキー。「とりあえずビールください」なんていうと迫力のあるマダムから追い出されてしまうかんじだ。

ビールというのは隣の国の野蛮なドイツ人が飲むものなんだ、という考えですね。

水割りで飲むのがいいらしいがその水もほんのちょっと。まあバッタの小便ぐらいのものだ。日本のパーティ会場なんかでウイスキーの水割りをつくっているのを見ているとウイスキーを三分の一ぐらいいれたグラスに水をいれたステンレスの容器から順番にどどどっと給水していくような案配だけれど、それが一流のホテルでやられていると知ったらウイスキーを造っているスコットランドの人々はきっと怒るだろうなあ。水割りは水で薄めるためではなくて水でウイスキーの香りをひきたてるものらしい。まあわしらの国はそんなのなんだってよかったのだけれど。

シングルモルトウイスキーの蒸留所がたくさん並んでいるスコットランド、ハイランド地方のスペイ川をいくとトラウトを狙う釣り人が川に入って竿《さお》を出している。ときどきベストにぶらさげてあるカップをだして川の水をちょっとしゃくるようにしてすくい、そこにポケットウイスキーを注いで水割りを作って飲んでいる。ウイスキーの原料になる母なる川の水で割ったウイスキーをマザーウォーター割りというんだって。かっこいいじゃあないの。もしも日本の隅田川や淀川でやったらたちまち入院だろうしなあ。

スコットランドの人がバカにするドイツだけれど、ミュンヘンのオクトーバーフェストに行ったらスコットランド人もバカにできなくなると思う。とにかく午前一一時から午後一一時まで一日平均二五万人がひたすらがんがんビールを飲んでいるんだもの。女で軽く一〇リットルはいくらしい。男は倒れるまで飲んでいる。テント式の仮設ビアホールは一五〇〇～二〇〇〇人ほども入れてそれが一〇以上も広場に並ぶ。テントのなかではとにかく一斉にがしがしビールを飲んでいる。たいてい真ん中にプロレスのリングそっくりの舞台があってそこで吹奏楽団が行進曲なんかをやっている。とにかくみんなどんどんビールのめのめ行進曲だ。

それだけでも凄かったが、ぼくが一番感動したのが便所であった。テントだから便所も仮設だが小学校の教室ぐらいある便所の壁に巨大な雨樋《あまどい》のようなものが「コ」の字型に打ちつけてあってそこを小便は小便の力だけで勢いをまし、堂々たる黄金の奔流となって流れている。川は流れてどこどこ行くが、小便も流れてどこどこ行くのだ。

放出おわってなんの気なしに天井を見上げて「おやっ？」と思った。いくつもの裸電球がおぼろにけむっているのである。はてまだ夜霧が出るには早い時間だが、と思ったときに意味がわかった。

便所には少なく見積もっても常時とぎれることなく一〇〇人は小便をしている。人々のイキオイのある小便は小さな飛沫《ひまつ》となって天井まで舞いあがりそれが電球を曇らせていたのであった。

小便の夜霧よ今夜もありがとう――なのだ。

こういう便所に三〜四回いけば帰る頃には髪も服もなにもかも全身小便の夜霧にたっぷりしめっていることだろう。

けれどああいうのを見ているとビールという酒はつくづく健康的で、ひそひそ話の談合や賄賂《わいろ》おねだりの話などしてはいられないだろうなあ、と思った。

長靴を履いたじいちゃん

とにかく暗くなると毎日飲んでいるから怠惰な酒飲みには間違いない。むかしはいろんなところで飲んだが、最近は面倒くさくなって自宅もしくは新宿の居酒屋と決めている。

怠惰に惰性が重なってきた。新宿の居酒屋までタクシーで十分で行けるから気楽である。家での仕事が終わるとすぐに行ったりするので服も着替えない。履物も夏はビーチサンダルか下駄。最近寒くなってきたので下駄には足袋《たび》を履《は》いていく。新宿で足袋を履いているひとはかなり少ないと思うがまあいいのだ。もっと寒くなると長靴がいい。雨が降っていなくても長靴を履いていく。三年前から釣り雑誌の取材をするようになって長靴の愛好家になった。旅先で買ったりしてどんどん増えてこのあいだガレージにおいてあるのを数えたら五足あった。

長靴は大変安く、二千円ぐらいだったりする。片足千円です。でもこのあいだ雑誌『通販生活』で七千円のを買った。ブランドものである。銀座に行くとき履いていくのだ。もうひとつ凝《こ》っているのにフィールドパーカーがあって、これも五着ぐらい持っている。いいのがあるとついつい買ってしまうのだ。

スーツとかネクタイとか時計とかファッションコートは持っていないのでパーカーぐらいは贅沢《ぜいたく》をしたい。バーカーじゃないよ。

パーカーで重要なのは①防水②でっかいフード③ポケットが大きくファスナーがついている④インナーがあって防寒になる⑤腰にベルトがあってビシッと上半分、下半分が区分される。

これらは本当のフィールドで非常に重要である。その五着の中で一番気にいっているのはだいぶ以前にニューヨークのメーシーズで買ったやつで、けっこう高かった。長靴より高かった。二百ドルぐらい。でもこれからやってくる厳寒期でも下にポリプロピレン系、それに純毛のシャツ。その上にフリースを着ていたら首筋や手首をしっかりとめると路上や断崖《だんがい》の上でも寝られる。東京のどこに断崖があるか不明だがとにかく強烈にたのもしい。これに長靴でこの冬は無敵なのである。

居酒屋ではこのところ十人ぐらいのあんちゃんやおとっつぁんらが飲み仲間で、これも固定してきた。こいつらと飲んでいればまあとにかくいいか、と思っている。

むかしはときおり姿をくらませてわけありふうの女とひっそり飲んだりしたが、長靴で行くわけにはいかず、結局はむなしい、ということがわかってきた。第一そういうのと飲むと場所に気をつかう。メニューなんかも見なければならない。本格的なフランスレストランなどのメニューを見てもそれがいったいどんなかっこうで出てくるかわからなかったりするのよ。しかも高い。

こういう店にみんな騙《だま》されているんだなあ、ということがわかってからはとんと行かなくなったが、このあいだある会の流れで超一流のホテルのレストランで三人の美人と飲むことになってしまった。じいちゃんとしては晴れがましいが、けっこう目立つ存在になってしまったので精神が疲れた。

数日後小学校のクラス会があって、もう過去をたどってもしようがないのでそんなのには出たくないのだが、近くでシンポジウムがあって、それを知った彼らが終わったあとの宴席を用意した。逃れられないというやつだ。

大勢のじいちゃんとばあちゃんが集まった。小学校のクラスというのは互いになんでも知っているからある意味では家族のようなものであり、何でも話ができるからホテルのレストランで美人と飲んでいるよりははるかに気楽で楽しい。

やはり病気の話と親の介護、老境に達した夫婦の話になる。そういうのを聞いていると自分は恵まれているんだな、と思った。そのどの問題もいまのところないからだ。ぼくのところは妻のほうもぼくのほうも子供の頃父親が死んでしまった。両方の母親はけっこうしぶとく生きていたが死ぬときはともに簡単に逝《い》ってしまったから介護の必要はなかった。子供孝行の親たちだったのだ。次はこっちが子供らの介護にならないようにあっさり逝ってやることだろう。

その子供らはみんなアメリカに住んでいるのでたまにしか会わず、これもさっぱりしていいもんだ。クラス会で感じたのはもうひとつ、仕事の問題だった。定年退職しているのが多いから毎日暇らしい。そのいきなりの暇が案外困るようだ。近頃の六十代は見たかんじみんな若く、病気の話なんかしているがみんなまだまだ十分働ける。つまり今の日本はそういう人が溢《あふ》れかえっているのだろうなあ、というのを実感した。その意味でも我が身を考えるとありがたい、と思った。仕事はいまだに必要以上いっぱいあり、原稿の締め切りの連続だ。書いている話はこういうヨタ文が多いけれど最近わかったのは、ぼくは原稿を書くのが実は大変好きらしい、ということだった。

このエッセイもそうだが、朝おきるとすぐに書きだす。週刊誌の連載ものが三誌あるので完全にルーチンワークになっているようだ。別の一誌『週刊文春』は今年で一七年続いていて、ここまで続くと完全に体の一部になっているらしくあまり意識して考えないのだけれど締め切りの日までにはいつのまにか書く内容が決まっている。まだ方向が定まらないのが回数の浅い『サンデー毎日』のこの連載で、いろいろ題材に迷う。最初の頃は「企画もの」でいこう、と考えていた。時事的なものとか日々に思うことではなしに普遍的なモノゴトについて一回一テーマで何か語る、というやつだ。でもそれにはある程度準備がいる。今週いきなりこんな話を書いているのは簡単にいうとその「テーマ」が間に合わなかったからで、仕方なくこんなふうに突然の身辺雑記を書いてしまった。でもモノカキになってそろそろ三十年になる。こんな無学で偏《かたよ》った人間がよくまあこれほど長きにわたっていろんなことをほざいてきたものだとつくづく思う。でもおかげで文章を書くのが好きになった。

月刊誌の小説連載が三本ある。そのうちの一本はヘンテコなSFで『文學界』に書いている。五十年後、世界は中国に支配されていてバイテクやナノテクが異常に進んだグロテスクな破滅社会をテーマにしてしまったのでなかなか難しく、犬の目になって書かなければならない。防寒しっかりのパーカーを着て長靴を履いて夜更けに近くの公園を歩いているとときおりアイデアが浮かぶ。でも昨夜は警官に職務質問されてしまった。パスポートあるか、と言うのである。怪しい中国人と思われたらしい。それもまた面白かった。

七面鳥とツァンパダンゴ——正月三都物語

小さい子の一日は短く、一年は長い。

老人の一日は長く、一年は早い。

と、よくいいますな。遊びに忙しい子供たちは、あっというまに夕方になってしまうからでしょうなあ。もっともそれは昔の話で、いまどきの日本の子供は塾だ稽古《けいこ》ごとだと忙しいから、現代の子供の一日は大人と同じ長さの感覚になっているのかもしれない。

名作『ゾウの時間　ネズミの時間』（本川達雄、中央公論社）を読むと大きい生物は心臓の鼓動がゆっくりで、小さい生物は早い。しかし心臓が一生にうつ鼓動の数は同じだから、ネズミに比べてゾウは長生きし、その結果、相対的にみて別々の時間を生きている。

たしかこんなふうな話だったですよね。

「ですよね」と言われても読んでいない人は困るだろうけれど、小さい子供が一年を長く感じたのは、楽しい日々がなかなかやってこないことをさしているからだろうか。

春休み、遠足、夏休み、運動会、お正月。

もういくつ寝るとお正月。

逆にお正月がやってくるのが楽しくなくなってきた頃が中年のはじまりかもしれない。老人になっていくにしたがってこのお正月がやってくるのがどんどん早くなってくる。

「たしか三カ月前ぐらいに去年のお正月の餅《もち》を食べたような気がするけれどなあ。ところでバアさんわしは今日お昼ごはん食べたかね」

「おじいさん。さっき今日二回目のお昼ごはん食べたばかりじゃないですか」

こういうのどかな会話ができるようになったらもう大丈夫である。

ぼくの家はアメリカに家族の半分が住んでいて、さらにつれ合いがしばしばチベットに行ってしまうのでお正月が三つの国に分かれてしまう場合がある。

でもアメリカもチベットも一月一日がお正月ではないので、『ゾウの時間　ネズミの時間』じゃないけれど、相対的にお正月の感覚のズレが生じる。以下は「体験的三都正月物語」。

アメリカの一月一日はみんな休むけれど、せいぜい日曜の安息日みたいなもので、翌日から普通の生活になる。

アメリカの正月にあたるのは一一月の第四木曜日からはじまるサンクス・ギビングで感謝祭というやつ。この日はどの店も会社も休み。街は静まりかえる。

夜は家族そろってのディナーが通例で、これが日本の元旦《がんたん》にあたるものだろう。どの家もたいてい七面鳥を食べるのでアメリカ中の七面鳥の受難の日でもある。

これはサンフランシスコの例だが、九～一二ポンドぐらいの七面鳥が二〇ドルから三〇ドル。この腹の中にパンとセロリとナッツと鳥のモツ系でつくられた「スタッフィン」と呼ぶ詰め物をする。すべて巨大で大味なアメリカの食い物のなかでは例外的に繊細で複雑な味がして大変おいしい。この伝統的なターキー料理が日本のお正月のお雑煮のようなものと考えていいようだ。

翌日の金曜日から街はそれまでまったくなかったクリスマスツリーなどのデコレーションに一斉にいろどられ、六時に開店しちゃうとか朝から一〇時までは七五パーセント引きなどといった過激なクリスマス商戦がはじまる。

今年はインターネットの買い物だけで週末八〇〇億円の売り上げだったというニュースが現地の新聞に出ていた。アメリカ人はこの日からクリスマスまでの三週間でめちゃくちゃに金をつかいまくるのである。

ところでチベットのラサもいまはクリスマスツリーが飾られる。それらの多くは中国人の商魂によるものだが、中国の同化政策（チベットや内モンゴル、ウイグルなどに中国人が大量に入り込む）がいよいよそういう風景を作るようになった、ということでもある。

チベットの正月はその年によって違う。占星術師が翌年の暦を作るのがだいたい夏頃だから、人々はそれでやっと翌年の正月がわかるのである。

ぼくが体験したのは二月だった。チベットの二月というとえらく寒いように思われるけれど日本とさして変わらない。富士山の高さに近い都市「ラサ」はそれだけ太陽に近いから晴れると暑いくらいだ。でも夜になるとかならずぐんと冷える。暖房設備があまりないので、人々は家の中でもみんなオーバーコートなどを着ていてどうにも異様だ。

大晦日《おおみそか》が大変騒々しい。

知り合いのある一家の様子。

家の大掃除はそれまでに終わっていて、大晦日はヒトや家の中に住んでいる「悪霊」の大掃除をする。

まずツァンパ（ハダカ大麦粉を焼いたもの）で作ったダンゴで体のあちこちをこすり、カラダの中の悪霊をそれでこすり取り、欠けた茶碗にみんなの悪霊を封じ込めたそのツァンパダンゴを捨てる。

次に藁《わら》のようなもので作った松明《たいまつ》に火をつけて家の各部屋の悪霊のいそうな場所にそれをふりまわす。部屋の隅とか角だ。悪霊はたまらず外に逃げ出す（はずなので）それをさらに松明で追う。同時にヒトの悪霊の入った欠けた茶碗も持って出る。そのときみんなでトンシャマー（出ていけー！）と叫び、バクチクを激しく鳴らして追いたてる。

都市部では住んでいる街の一角に悪霊を追いつめて捨てる場所がある（我が国のゴミ収集場のように）。

そこにはあちこちの家からヒトの悪霊を封じ込めた茶碗や家の悪霊が捨てられるから、つまりは「悪霊の山」というすさまじいカタマリになり、そのまわりにみんなのバクチクが集まってきてえらい騒ぎになる。

街灯というのがあまりないから闇《やみ》のなかでパンパン爆発して火が踊り、火薬臭が一面に漂ってもう市街戦のようだ。うるさくて賑《にぎ》やかで凄《すさ》まじいことになるけれど、それだけ強烈な印象なので、チベットの子供には一生忘れない大晦日の記憶になるだろう。

元旦は一族が集まって仏様へ感謝の祈りを捧げる。それから御馳走《ごちそう》だ。

「ダンゴ入りうどん」というようなものをみんなで食べる。団子がいくつか入っていてそこに小さな紙、丸めた糸、炭のカケラ、塩、トウガラシなどが仕込まれている。それぞれに意味があり、トウガラシ入りのがあたった人は「あんたはおこりんぼだから来年は注意しよう」などということになる。こういう他愛《たわい》ないことで一族が大騒ぎする。笑顔がいっぱいでここちいい。

モンゴルの遊牧民の正月も見たことがあるが、一族の者がみんなで長老にお年玉をあげる。小さい子から順におじいちゃんおばあちゃんにお年玉をあげる。そっちのほうが正しいような気がしてなかなかよかった。

心より新年をお詫びいたします

本誌に連載エッセイを書くようになってこれが初の新年号ですね。

では「あけましておめでとうございます」

と、いいつつこれを書いている今はまだ一二月一四日なんだから嘘もいいところで、年末進行の原稿締め切りに追われているこの労働過多の日々、ぜんぜん「おめでたくない!」。

赤穂浪士《あこうろうし》なんかは本日命がけで討ち入りしているのである。みんな赤穂浪士の気持ちになろう。吉良上野介《きらこうずけのすけ》の気持ちにもなってみよう。なってどうすんだ、という問題もあるが俵星玄蕃《たわらぼしげんば》の気持ちにもなるべきだ。

そういうことを考えると、雑誌の、この年末に出る新年号って今年、じゃなかった「昨年」の(ああすでにややこしい)流行《はや》りとなった「偽装」もいいところですなあ。

月刊誌の気の早いところなんか一一月にもう新年号が出てしまうのだ。一一月のまだ夏みたいに西陽《にしび》の強い日に「謹賀新年、新春を寿《ことほ》ぐ」なんてやっている。

ということは編集部はもっと早い時期に、例えばカラーグラビアの撮影なんかだと有名モデルや女優のスケジュールなどもからんでくるから八月ぐらいに振《ふ》り袖《そで》着てしゃなりしゃなりの写真を撮影しているかもしれない。あほくさいではないか。

本誌の本号にもそういう写真があるのかも知れないなあ。

新聞の新年号だって企画ものは殆《ほとん》ど今年（じゃなかった昨年）作られたものだ。げんに明日、ぼくのところにある大新聞の新年号用の取材がある。このクソ忙しいときに。あ。引き受けてしまった自分が悪いのであった。でもそこではやっぱり「おめでとうございます」なんていう見出しがあるのだろうか。恥ずかしいなあ。

当然年賀状はもっと嘘で「昨年中はいろいろお世話になりました。本年もどうぞよろしく」などと年内に書いているから、そのときの昨年中というと一昨年のことになってしまう。「昨年中はとうとうおめにかかれませんでした。今年こそはぜひ」なんて書いている段階での今年の残りはあと一週間しかなかったりする。一年間会えなかったのだから残り一週間しかない「今年」もおそらくおめにかかれないだろうなあ。かくして同じ文句が十年ぐらい続いていたりする。

「昨年中はお世話になりました」などと肉筆で書いてある年賀状をよく貰ったりするが全然お世話した記憶がないことのほうが多いのも困る。本当はお世話したのに忘れてしまっていたりしたらボケ老人を心配しないといけないしなあ。でも大丈夫。ぼくに限って絶対にヒトをお世話したりしないから。

年賀状は出さないと先輩などに失礼だし、まあ出しておけば無難だから作るけれど、印刷したものをぼくのアシスタントが宛《あ》て名《な》書いているだけだから、ぼくの年賀状はぜんぜんココロがこもっていないものなのでどうぞ今年もよろしく。

話はすこし変わるけれど、今日ぼくは岡山県の井原《いばら》町というところから新幹線で帰ってきたのだが、信号機不調かなにかで品川に着くのが五分遅れた。

車内アナウンスが五分遅れたことをしきりに「心より」お詫《わ》びしていたが、嘘だと思った。五分ぐらいで新幹線の人は心よりお詫びなどしないと思う。たぶん二時間遅れてお詫びしても心からはお詫びしてないと思う。

飛行機も五分遅れぐらいでしばしば「心より」お詫びしているけれど、本当に心よりお詫びしたいのだったらはっきりそれとわかるように土下座なんかしてもらいたい。土下座するほどのひどいコトではないでしょう、というのなら「心」などを簡単に持ち出さないでほしい。ココロが減ると思う。

なんか今回は新年早々ひねくれたことを言っているなあ。新年じゃないからなあ。いつまでもそんなことにこだわっているのはココロがねじまがっているからなのです。そうだった。ココロよりお詫びします。

テレビの新年も殆ど嘘だ。とくに沢山の芸能人が集まる新年の大型番組などはほとんど、録画だからそれこそ残暑厳しいおりに振り袖とか袴《はかま》なんかの芸能人がそこらの倉庫みたいなスタジオに集まって嘘の団体会話をしているとみて間違いない。

そういう嘘のかたまりみたいなテレビが深刻な正義面をして偽装問題などを「許せないコトです」などと追及しているのだから世の中はおもしろい。

新年なのでお屠蘇《とそ》に酔ったついでに（嘘だけど）さらに支離滅裂なハナシになっていくが、最近気になっているのはテレビや新聞などが事件を語るとき、犯人の人物像を関係者や近所の人などに必ず聞くことである。

そしてよく語られるのは「いつも日曜日などに愛想よく挨拶していましたし、とても子煩悩《こぼんのう》で、あの人が三〇人もをガソリンで焼き殺すなんてとても信じられない思いです」などというやつ。

そんな意見を聞いて、いったいなんになるのだろう、と思う。

そういう話に何か意味があるのだとしたら「あの人は道ですれ違っても挨拶ひとつしないし、何時《いつ》も奥さんに文句いってるしゴミはまきちらすし犬なんかも暇さえあればケとばしてますから絶対三〇人ぐらいは今すぐ平気で焼き殺すヒトです」などというのが成立していくのじゃあるまいか。

警察がきて「あんたはどうも人を殺しそうだと近所で評判なので逮捕します」なんていうコトになっていくぞ。

それから有名人だと係累《けいるい》の犯罪がすぐにその有名人の批判になる、というのも嫌な感じだ。今日の新幹線で読んできた新聞にプロ野球のダルビッシュ投手の親族の犯罪がでっかく出ていたけれど、本人とは関係ないじゃないか。少し前の三田佳子《みたよしこ》さんの息子の事件に三田さんが謝罪するというのも幼稚な構造ではないか。こういうのは日本独特のものらしい。マスコミがいつも善人聖人面をしてこういうのをかき立てると、日本という村社会性がますますあらわになってくるようでとにかく嫌な感じだ。

そんなわけで、新春を迎えたようなので今年の抱負を次に書きます。地球温暖化に拍車をかけるようなことはできるだけしない。方法がわからないが例えば無闇に焚き火などしない。ゴミもやたらに捨てない。ちゃんと分別をして指定の場所におく。無意味に飲みすぎない。このあいだ読んだ本に魚には痛点があり、針が痛いらしいとわかったので釣った魚はリリースしないでちゃんと全部食べる。

踏み切りや原稿の締め切りを守る。赤ちゃんや老人をいたわる、と思っていたらこっちが老人になってしまったので老人をいたわってほしいとココロから思います。

週刊誌の表紙女はなぜつまらないか

本誌もそうだが、多くの週刊誌の表紙はきれいな女性の顔ですね。どれもみんな若く、いかにもプロっぽく艶然《えんぜん》と笑っている。みんなきれいだなあ、と思うけれど芸能界に興味がないぼくのようなおっさんにはそれが誰なのかまるでわからんのよ。と、いうよりも毎週毎週どの週刊誌で笑っている女性もみんな「同じような顔」にしか見えずわかりようがない、というのが正直なところだ。

ぼくも多少そういう世界に触れたことがあるので撮影の現場の予想はつく。みんなスタジオで時間をかけてライティングしてスタイリストやヘアメイクが走り回り、たくさんの「何のために来ているのかわからない」関係者がまわりにいての大変な状態で何百枚も撮った写真の一枚がそれなのだ。

けれどそうした大仕事の末に登場する美しい顔の写真に「感動」がないのはなぜなのだろう。「笑ってください」などと言われて義務で笑っているからだろうか。別段何もおかしくもないのに笑う顔ほどつまらないものはない。中国人が写真を撮るときはシロウトでもポーズをつくる。テーブルに両肘《りょうひじ》をついて両頬《りょうほほ》をささえ小首をかしげて笑ったりする。日本のスタジオのプロのモデル写真は結局まだそういうことをやっているのじゃないだろうか。なんだかどれも町の写真館のショーウィンドウに貼られている見本写真を見ているみたいだ。生活感を消してしまうと写されているその人のドラマが顔から消えていく、というメカニズムが働いていてそれで面白くないのだろうか。

欧米の雑誌も女性の顔が多く出ているけれど日本のそれよりはだいぶクセモノで、穏やかなつくり笑いとは違う無理やり作ったような顔や表情がきっぱりあざとくそれがよかったりする。スタジオではないところで激しい動作の瞬間を撮っているようなのもある。こっちにむかってなにか喋《しゃべ》っている意図不明ながら強烈な「意識」の見える写真もある。「傲慢《ごうまん》」とか「怒り」とか「怠惰」などという写真だ。顔というのはそれくらいの表現力はあるからそれが出ていると人間っぽくてかえって安心する。

だから日本のスタジオの最良の条件のなかで「のせられて」笑って撮られている美しいだけの女性の顔は「笑うお面」にすぎず感動を生まないのだろう。

大衆ニーズを集約しなければならない週刊誌の「美しい顔」の表紙からは「安全と遅れ」を感じる。美女の笑っている顔を出しておけばとりあえず問題はないのかも知れないけれどホンネの迫力がないからのっけから「退屈でゆるい」。

日本の女性がみんな同じに見えてしまう、というのは国際感覚の上でも言われているようで、ぼくの知っている外国人も「日本人の女性はみんな同じ顔だ」という人がけっこう多い。

日本人っぽいところをランダムにあげていくと、一般的には、表現が地味、控えめ、我慢強い、仲間意識、同一行動、議論より噂話《うわさばなし》、民より官。いろいろあるけど、日本人のもっとも日本人っぽいところは「従属と無表情」じゃないかな、とこの頃思うようになった。

外見的に日本人によく似ている国は、実際に自分で見てきたところだけでも中国、韓国、台湾、モンゴル、チベット、エスキモー（アラスカ）、イヌイット（カナダ）、ユピック（ロシア）、サハ（元ヤクート）、アレウト（アラスカ）などが思いつく。

このうち外国人から見て区別がつかないのは、日本、中国、韓国、台湾、モンゴル、チベットあたりだろう。今やこれらの国の（とくに女性は）服装も化粧も同じようなものだからだ。

それぞれのアジアの当事者の国のヒトから見たら、たとえ言葉は喋らなくても違いははっきりわかるけれど欧米のヒトには無理だ。言葉の違いもわからないだろうし。

では日本人から見て、中国人はどうしてすぐわかってしまうのだろう。

顔や服は殆ど同じように見える。少し前までは中国人はなんとなくセンスが悪かった。いまでも中国の地方にいくとあかぬけない人が多いけれど、上海《シャンハイ》や北京などになるとすさまじい美人が沢山いる。

むかしから世界の美人国はアタマに「C」のつくところが多い、と言われている。コロンビア、キューバ、チャイナ。

もともと中国は美人の国だったのだ。

それがここ十数年のすさまじいスピードの国際化によって急速に磨きがかかった、と見ていいだろう。

さらに中国人はスタイルがいい。歩き方もいい。もともと椅子《いす》式の生活が基本にあったからだろうか。背筋をまっすぐ伸ばし、腰から歩く。アフリカの女性の歩き方と似ている。腰から歩くと必然的に背筋が伸びる、という「形のいい歩き方」の相乗効果がある。

その点、日本人は膝《ひざ》で歩くので結果的にアニメのマンガ歩きになる。さらに最近の若い女性の喋り方は省略幼稚語だからもうだめだ。顔はみんな美しくなっているのだから喋らず歩かずじっと座ってたらいいのかも知れない。

モンゴルの女性も格段に美しくなった。これもソ連の衛星国＝社会主義経済からいっぺんに市場経済の国にかわってからのことだ。

ぼくが一番最初にモンゴルに行ったときはまだソ連の属国みたいな状態のときで、北京から小さなソ連製航空機アントノフやイリューシュンなんかに乗っていくしかなかった。飛行機に乗るとキャビンはもうすでにモンゴルで、チーズと乳の濃厚な匂いがした。スチュワーデスは丸顔でリンゴのホッぺ。ブラウスの後ろにすけて見えるブラジャーの紐《ひも》がガムテープぐらいの幅があった。

いまは民族服（デール）を着ている人は殆どおらず、冬に行くと毛皮のコートなどダイナミックに着こなして、日本の女性よりも大陸的におおらかで美しい。

自由競争社会というのは女性がもっとも早くシャープに「おしゃれ」を取り込むコトなのだな、と理解した気になった。

美しくなった中国人だが、魅力という点で留意点がつくのはたぶん「無愛想」にあるのではないか、と思う。日本人の「無表情」と通じるところがある。風習とモラル、という点でもかなり問題がある。北京の銀座通り王府井《ワンフーチン》を歩いていて、むこうからやってきたチャイナドレスのよく似合う美人がすれ違いざまに「ピッ」と手洟《てばな》をかんだのを見てびっくりしたことがある。でもこういう迫力のあるわがままな中華思想の顔というのは、みんな同じような顔になっちゃっている日本の正しい美人より迫力があってはるかにいいのかも知れない。

焚き火キャンプのお料理教室

趣味のひとつに焚き火キャンプがある。高校生ぐらいからはじめていまだにやっているからビョーキかもしれない。不治の病。焚き火病。これは伝染する。

最近は十人前後の同じビョーキのおとっつぁんらとだいたい月一のペースで秘密の焚き火キャンプをやっている。いまそこらの海岸や川べりでキャンプや焚き火をするとたちまち警察や消防署の人が飛んでくる。官憲の取り締まりが年ごとに厳しくなっているので地下に潜った。いや地下で焚き火をすると煙にむせて苦しいので、これはコトバのアヤだ。そのへんわかりますね。離島や辺鄙《へんぴ》な岬の外れなどにいくと遠いので官憲もこない。

焚き火キャンプして何がどうなんだ、というヒトもいるだろうが、釣りをやったり酒を飲んだり。なかなか喜びは奥深いのである。

十人前後の男が集まると飲むサケの量も半端ではないがつくる飯もけっこう大変だ。でも男が勝手に見よう見まねで食い物を作るのはけっこう面白い。

むかしはプロの料理人が仲間にいたのだが近頃はあまりきてくれないので、いまのメンバーが交代で作るようになった。ぼくは焚き火キャンプ歴が長いので、外国でのキャンプも含めてけっこういろんなのを教えてもらってきたから気がむくと担当する。キャンプというとシロウトはすぐにバーベキューに走るが、おれたちはそんなものには手を出さない。バーベキューはカレーよりも簡単だけれどシロウトのバーベキューはまずい。一番の理由は火の加減が下手だからだ。

誰でも作れ、キャンプ料理の王様といったらカレー以外にないだろう。ダントツの安心料理。しかも誰でも作れる。

カレーも、和と洋と印にわかれる。洋はニンニクとタマネギが主役になる。こいつを大量によく炒めたのをベースにするとまあ間違いない。印はつまりインド式でこれはそのテのルーを使えばそんな感じになるけれど、タイ米を手にいれて湯取り法で炊く必要がある。タイ米が手に入る外国キャンプ向きだ。

目下は日本蕎麦屋のカレーのほうがいろいろ応用がきくので多作している。作り方の違いはダシをたっぷりとること。タマネギじゃなくて長葱。カレーだけではなく醬油《ショーユ》と酒をいれる。ぼくは最後に辣油を入れアヒアヒ化させる。これはうどんにかけてもいいしゴハンにかけてカレー丼《どん》にしてもいける。

天ぷらもキャンプ料理に向いている。たいてい釣りをするから天ぷらに向いている小魚は手に入る。これを中心にナス、タマネギ、ピーマン、かぼちゃ、シシトウ、芋類などを適当につかって揚げる。これも天丼状態にしてもいいし天ぷらうどんにしてもイケル。キャンプには「うどん」が常に強い味方になりますな。

このあいだはムロアジとマアジが沢山釣れたので大量のヅケを作った。ヅケには醤油もしくはめん類のダシ汁、タカノツメ、コンブダシ（粉末）、酒を入れて一時間ねかせる。

これで海苔巻きをつくる。キャンプでの海苔巻きは有効である。ムロアジのヅケには洋辛子《ようがらし》があう。これは伊豆七島の漁師に教えてもらった。ワサビでは迫力が足りないのだ。

もともとはフォークランドとアルゼンチンのキャンプ旅だった。ある無人島の川べりでキャンプしてたら鮭がいっぱい遡行《そこう》してくるのだ。丸太で殴ってとらえ、その肉とイクラで「鮭はらこめし」を作った。それを海苔で巻いて食ったら犬ではないが夜空にむかってクエーンッ！　と吠えたいくらい激しくうまかった。

海外のキャンプ旅に日本の海苔を持っていくのは賢いことで、あれは真空パックされていると開けるその場までパリパリが維持されている。コメはいま世界中で手に入る（北極にもあった）から醤油さえ持っていけば無敵である。焼き海苔は軽いから百帖ぐらい持っていける。百帖あれば千枚使える。コンビニでもスーパーでもいくらでも安く買える日本国内でこれを作らない手はない。

このあいだ伊豆の島でキャンプしたときはスーパーでナスとキュウリのおしんこを買

ってきてカッパ巻きやナス巻きも加えた。大勢いるときはこういうのを混ぜる必要がある。常に作ってあるカレーを巻いたのを若いもんに食わせたがうまかったかどうか不明。まずくはないと思う。ときおりソウダガツオが釣れるときがあるが、カツオ巻きができたら文句ない。

ボウズ（何も釣れない）のときは思い切って店でマグロを買ってくる。これで鉄火巻きだ。釣れないくやしさはあるが鉄火巻きだからまずかろうわけはなく、本日のボウズを喜んだりする。ローストビーフ巻きも中にちゃんとホースラディッシュを仕込めばこんなにリッチな海苔巻きはない。

まだやっていないので二月のキャンプで考えているのは釣れた小魚を使い、釣れなかったらスーパーで小海老を買ってきてこれを天ぷらにして海苔巻きにする作戦。アメリカでカリフォルニアロールとかスパイダーロールなどをファストフードの店で簡単に買えるが、これがけっこううまい。名古屋の「天むす」にも近い味になると思う。これに挑戦したいのだ。

スパゲティのときはボンゴレロッソがやっぱり簡単でいい。まずニンニクとタマネギを大量に炒めるので途中まで定番カレーのコースだが、アサリの水煮の缶詰と大量のトマトを投入した段階でいきなり希望はイタリアーノ方向にむかっていく。

キャンプ料理で一番簡単なのは「煮コロッケ」で、これはそのとおりそこらでコロッケを買ってきてタマネギとだし醤油で煮る。最後にときタマゴを上からかけておしまい。冷えてまずそーなコロッケでもこれで生き返り、ドンブリの上にのせると立派に誘惑的なコロッケ丼になるのだった。

朝飯は前の晩の残った豚汁にゴハンをぶっこんでタマゴを大量にいれたネコめしも簡単でいいけれど、朝チャーハンもけっこういける。以前きてくれていたプロの料理人リンさん（林さん）直伝のリンさんチャーハンは油がぴんぴんいってきたあとタマゴを炒めるのがコツであった。そこにゴハンをいれて炒め、長葱の小口切りを大量にふりかけて塩、醤油、コショウ。文句なくうまい。

韓国の旅で教えてもらったのはキムチチャーハン。韓国のサラリーマンも朝忙しいのでこれをパッパッと作ってかっこんでくることが多いという。

我々の最近の朝飯はホットサンドが主流になった。食パン大の四角い形をした両面焼ける専用フライパンの上下にパンを置いて、タマネギ、チーズ、トマトを挟んでこんがり焼くだけ。コーヒーにこれがうまい。帰る朝が悲しくずっとこのまま生涯キャンプしていたい気分になる。

随筆、富士山

ナマコもたまには本格的なエッセイというか、いわゆるひとつの重厚な「随筆」というもので攻めていきたい。

今年の三が日はいい天気だった。

ぼくは、というか——随筆だからここはトーゼン「私」だ。

私は三が日ずっと自宅にいた。自宅は新宿の西方、坂の上にあるので自宅の屋上に上がると眼下になだらかに都会の街がひろがり、よく晴れた日はそのむこうに富士山が望める。

そうだな。随筆に富士山はよく似合う。

富士山はいつのまにか真っ白になっていた。暮れの忙しいあいだは屋上に上がることもなく、富士山がここまで白くなっているのにも気づかなかった。すまなかった。

新年に富士山を眺めるのは贅沢なことである。風もなく、ひなたのデッキチェアにすわっていると眠くなってくるほどだった。しかしフト、いま頃あの雪だらけの富士山に登っている人がいるのだな、ということに気がついた。ご苦労さまなことである。

双眼鏡で眺めてみる。八倍程度のものだけれど口径が大きいのでかなり明るい映像であり、肉眼で見るより驚くほど鮮明に雪面の傾斜のひだひだまで判別でき不思議に感動的だ。

そのさらに十倍ぐらいの倍率、つまり八十倍ぐらいあったら、そこに登っている人が見えるのではないか、と思った。きちんと頑丈な三脚があり、振動防止機能がついていたらそのくらい可能だろう。

けれど旧来の光学式であると天体望遠鏡並みのスケールが必要になり、口径三メートルなんていう大変なものになる可能性がある。長さは一〇メートルほどにもなるだろう。そうなると三脚なんてものじゃとても支えきれなくなるから重さ五トンぐらいの可動式の砲台のようなものが必要になってくる。値段にするとあてずっぽうだけれど八千万円ぐらいするかもしれない。なんということだ。私はにわかに逆上した。それだけ大仰なものになっても、晴れた日に富士山に登っている人が見える、というだけしか役にたたないではないか。お前は富士山遠望監視員か。ああ、早くも格調ある随筆とは無縁なものになってきた。

私はフト我にかえり、随筆随筆と呟きながら山のことにしばし思いをめぐらせた（いいぞいいぞ）。

私がいちばん最初に登った山はどこであったか、ということを考える。

それをはたして山と呼んでいいのかどうか、少々考えてしまうが、しかし名前は確かに「ぼーるど山」といった。松林のすこし隆起したようなものであったがそこがまさしく私の初体験の山であった。

花や木の好きな母親がよくそこにつれて行ってくれたのだ。いわゆる里山にちかいものであろうか。

そこには季節ごとにいろいろな花が咲き、食べられる山草やキノコなどがあった。じきに都市化の波が押し寄せてきて、そのやさしく懐の深いちいさな山はたちまち無残な開発の下に消えていってしまったが、いまは亡き母の記憶とともに、わがよき山とのふれあいの端緒として、ずっと心に残っている。

そのあとは「どーの山」という、これも高さ三〇メートルぐらいの町のはずれの山が恰好の遊び場となった。

「ぼーるど山」に続いて「どーの山」というのがいいでしょう。それでどーなのよ。

頂上に昔の武将の首塚が祀《まつ》ってある少々おそろしげなところでもあったが、それだからこそ夏の胆試《きもだめ》しの場にもなったりして記憶に深く熱い。子供の頃ひっきりなしに行ったこのふたつの山は、私のなかの〝二名山〟である。世間は〝百名山〟流行りであるが二名山もいいのだ。

高校生のときに山好きの友人ができて房総の「鋸山」によく行った。せいぜい三百メートルぐらいの低い山だったが遠くから見ると同じくらいの高さの山が続いているので

「ノコギリ」のように見える。それでその名がついたというわかりやすい山だった。

友達はお兄さんの影響で岩登りに興味があり、兄に黙ってもってきたザイルやハーケンやカラビナなどをつかって、ロック・クライミングの知識も技術もなんにもないのに、二人で垂直の壁を一〇メートルぐらい登った。

当然ながらすぐに行き詰まった。登ることも降りることもできなくなってしまったのである。もしあのままだったら私はその後の五十年近くを鋸山の岩肌で暮らさなければならなかった。岩娘と結婚し、岩子をもうけたであろう。途中で滑って擦過傷《さっかしょう》をおったが地上に降りられたので私の人生はかわった。

そういう体験がきっかけになって私は青年期に都会から行けるいくつもの山に登った。奥多摩、丹沢、八ケ岳、穂高、谷川岳ヤッホーヤッホー。

やがて冬山、岩登り、アイスクライミングまでやるようになった。そして岩娘ではないが山好きの山娘と結婚した。新婚旅行は飛驒の高山だった。ハワイやフランスやニューカレドニアではないのだ、ばかやろう。そんなカネはなかったのだ。ばかやろう。

またコトバが乱れてしまったが、やがて子供ができると休みの日には山に行くことが多かった。幼子を二人つれて槍ケ岳まで行ったこともある。しかし楽しいのは低山で長野県の「飯盛山《めしもりやま》」の記憶がいちばん鮮明だ。ひひ。遠くから見ると碗に山もりのめしを盛ったように見えるのでそういう名になったそうだ。そのてっぺんに座り、笑いながらみんなで「おにぎり」を食べた。梅干しの海苔むすびだ。ひひ。

しかしその子供らは今は大人になり、みんな外国に住んでいて帰ってこない。幸せだった「飯盛山」のことも忘れているようだ。親の恩も忘れていることだろう。

私はやがて海外の山にも行くようになり、まずは憧《あこが》れていたキリマンジャロに登ったが、しだいに山岳信仰に興味をもちヒンドゥ教の山であるバリ島のアグン山や、チベット仏教の聖山カイラス山などに向かった。聖山カイラスそのものは入山できないから二泊三日のコルラ（カイラス山の周辺一周）である。ピークは五六七〇メートルだった。ヒイハアヒイハア言いながら私は真実一路鈴振りながら、人生の巡礼のようにして歩いた。

山は苦しいが、行くと不思議に精神が浄化され、これまでの悪事や罪が軽減されるような気持ちになりすべては錯覚と知りながらありがたやありがたや、などと思う。

今年の初春は自宅の屋上から富士山を見ながらそのようなことに想いをよせていたが、よく考えると私はまだ日本の聖山である富士山には一度も登ったことがなかったのだった。

喫煙者迫害時代

岐阜羽島の駅から新幹線で東京まで帰ってきた。帰省客がまだたくさんいて満席。飛び乗ったところが自由席の喫煙車で、そこは吐き出される煙で夕方のように霞んでいた。東京駅からタクシーに乗るとその日からタクシーはすべて禁煙になったと運転手から聞いた。ぼくは今煙草は吸わないのでそれは嬉しいことです、と答えたけれど全面禁止というのは凄いなあ。

かつてぼくは一日にハイライト二箱はからにしていたから煙草がないと生きていけない感覚はよくわかる。三二歳のときにいきなり禁煙した。三カ月ぐらい悶々《もんもん》としたが耐えて通りすぎるとかえって一転して煙草の煙が苦手になった。

煙草を吸わない者がどのくらい煙草の煙が嫌なものか、ということは喫煙者にはわからない。だからその逆の場合もわからない。ぼくは両方体験したので今でもある程度わかる。ぼくが禁煙した三二歳の頃は社員三〇人ぐらいの男ばかりの会社に勤めていたが、古いビルなので換気装置などなく、冬に会社に帰ると閉め切った部屋に吐き出された煙草の煙が部屋の中空に雲のようにたなびいている。自分がスパスパやっていた頃はそのことに気がつかなかったが、止めるとわかる。ぱしぱしあちらこちらの窓をあけた。寒がる社員もいたがぼくは腕力主義だったので誰も文句は言わなかった。ひさしぶりに新幹線の喫煙車を見てその頃のことを思いだした。

いま喫煙者は迫害の民と化しているようだ。会社の中では吸えず非常階段のあたりで昔の不良中学生のようにして細々と煙草を吸っているサラリーマンをときおり見かけるがいかにも侘《わび》しそうだ。

駅や空港の喫煙者用のガラスで囲まれたブースで喫煙者が所在なさそうに（しかし煙草を吸う、という明確な目的のために）あの中にいるのを見るとつくづく気の毒になる。あの惨めさが嫌になったといってぼくの友人のヘヴィスモーカーで禁煙に成功したのがいる。

あれ、ガラス張りになっているのは見せ物を意図しているのだろうか。しかし外から見えない不透明の丸い壁だけにすると中にいる人にとっては、まさしく煙突の中に入ってみんなで煙を生産しているだけのようになってしまうからさらに虚《むな》しいだろうなあ。かといって煙草を吸いながら「うめえなあ」などという顔をして誇らしげに外をいくヒトを見ている喫煙者もあまりいないようだ。

とにかくあの閉鎖室はなんとも面妖《めんよう》なもので、長く続いていくとは思えない。煙草吸いはこれからどうなっていくのだろうか。

ニューヨークではすべての建物の中での喫煙が禁じられている。飲食店でも全面的に禁じられたから酒を飲みつつ煙草をたのしむというのは昔の夢になった。シガーバーも急速に減ってきている。日本のレストランなどはせいぜい喫煙席と禁煙席をわける程度だが、なんでもアメリカ追随の国だからいずれ全面禁止になるんじゃないか。煙草をやめていてよかった。

新幹線もむかしグリーン車などはひとつの車両の真ん中あたりで喫煙と禁煙をわけるというずいぶん乱暴な時代があった。仕切りをつけているわけではないのであまり意味はなく、しきりのない混浴風呂で男女の区分けをしたようなものだった。レストランでの区分けも似たようなところがあるからアメリカは全面禁止にしたのだろう。

ニューヨークとサンフランシスコに家族らがいるので最近の実態をよく知っているが、どちらも通りを煙草を吸いながら歩く人はめったに見なくなっている。学校と病院の近くで煙草が禁止されてから一般住宅の近くで煙草を吸ってもいけないようになったらしい。一人住まいの人が家の中で吸っていても煙が外に流れるからそれもいけないようだ。

どうも大変な時代になってきた。

日本は列車の喫煙車では煙草を吸えるから煙草を吸いながら移動していけるスモーカーの楽園がまだ残っている。

飛行機も全面禁止だから、列車はここに目をつけているところがある。新幹線は東京から九州まで行くのがあるから喫煙者には素晴らしいことだろう。その車両に煙突をつけるといい。全員の吐き出す煙草の煙が吹き出て現代のＳＬみたいになって沿線に見物人がならぶ——わけはないか。

　むかし個室つきの新幹線があった。今でもあるのだろうか。原稿を書くために何度か使ったことがあるけれど、あれはかえってうるさいんだ。

　隣の部屋におばさん四人組とか酒のんでるガキのグループなどが入るともう駄目だ。鼾《いびき》のうるさい親父もこまる。

　このまま禁煙規制が強くなっていくと新幹線も駄目になるかもしれない。いやどんどん追い詰められて限られたひとがこういうスペシャル個室の喫煙箱のようなところで吸うしかないようにさらに限定されるかもしれない。料金がグリーン車より高くなってもヘヴィスモーカーは競って予約するかもしれない。ダフ屋がでるかもしれない。

「旦那、午後九時台に東京から広島までいいのがあるよ」

なんて。

　あの個室をもうすこし発展させて「麻雀ルーム」を作ったら東京—九州などは飛行機に勝てると思うがなあ。もっとも四人の移動ってなかなかないか。フリー雀荘みたいにすればいいのだ。見知らぬ同好者が集まって卓をかこむやつ。一人でもできます。それでもメンツが足りないときはサービスで車掌さんがつきあってくれたりして。いまは若い女性の車掌さんも多いから人気でると思うけれどなあ。お風呂もほしい。今の技術だったらできるだろう。車両の半分が銭湯みたいになっていて、そこから出るとマッサージルームがあってその隣は生ビールのカウンターだ。

そこまでとてもできないというならラーメンコーナーぐらいはどうだ。

新幹線に食堂車がついていた時代があったのを思いだした。カレーライスとかハンバーグとか、みんなまずかったけれどビール飲みながらそれなりに旅情があった。食堂車はメンテナンスと人件費の問題が大きかったらしいが、あまり人件費がかからないセミナー車両はどうだろう。

本を読み続けるのも疲れるが居眠りしてるのもなさけない、という向学心のある人むけに、いろんな内容の一般教養セミナーなどがあったらテーマによっては参加したい。

「熟年離婚のバランスシート」

「東海道むかしむかし話」

「簡単メタボ対策」

「団塊世代のための蕎麦うち教室」作務衣《さむえ》の用意あります。

いろいろあるなあ。禁煙の話を書いていたのだが何を言いたいんだかだんだんわからなくなってきた。

4 ギョーザライス関脇陥落？

日本の幼稚な若い男たちよ

若い男たちよ。

香水をつけるのをやめたまえ。男は黙って汗の匂いだ。いまは寒いからなかなか汗もかけないが、閉め切った部屋で、たとえばエレベーターの中などで柑橘《かんきつ》系かなにかのやたらツンとくる匂いをふりまいている男がいるけれど、一度カメ虫についての本を読みなさい。

若い男たちよ。

電車の中でちょこちょこ片手の指を小器用に動かしてメールを打つのを恥と思いなさい。そんなことしてないでどすんと寝入るか、なにか虚空をみるか、誰か殴りつけたい奴を睨《にら》み付けるか、もっとアクティブに自己をつらぬきたまえ。

若い男たちよ。

安酒場でだらしなく酔っぱらうのはやめたまえ。同僚や仲間たちと酒を飲むのは楽しいけれど、今の君たちはあまりにもだらしなく簡単に酔っていないか。酔って気が大きくなり大きな声をはりあげる。あげくは叫ぶ、酔い潰れて歩けなくなる。ここは日本だからそんなことができるけれど、ひとつ別の国に行ったら酔って外を歩くだけで簡単に逮捕あるいは強盗おいはぎのターゲットになっているのが普通なんだよ。

若い男たちよ。

もうそろそろカラオケバーチャルのつかのまの自惚《うぬぼ》れ陶酔の虚《むな》しさを知る頃だ。倫理観の欠如した自分勝手な若い女を隣の席からケトばしなさい。

若い男たちよ。

五〇センチぐらいのカツオを包丁一本でさばく技術を身につけよ。二〜三匹練習したらあとはもう一生の技になる。砲弾のようなぷりぷりのカツオを、刺し身包丁ひとつでシャキシャキさばいていって一切れ二〜三センチはある厚切りの刺し身を作ってオロショーガをたっぷりつけてわしわし食うのだ。あるいは誰かに食わせるのだ。アフリカではないからカモシカをしとめて自分でさばいて食うのはなかなか大変だがカツオならできる。現実的なものだ。カツオを一匹さばけるようになったらずいぶんなにかの自信がつく筈だ。

若い男たちよ。

もっと現実社会のいろんな分野の、体をつかっているプロの男たちと話をせよ。なんの世界であってもプロは凄い。うどん屋だろうが下駄屋だろうが、本物のプロには本物の人間がいる。「霊視」だとか「生まれかわり」だとかの噴飯もののインチキどもに一寸たりとも目をくれるな。あれはバカなおんなたちの幼稚な暇娯楽なのだ。男と女の資質の差があのあたりで見事にあらわになる。バカおんなたちのペースにまきこまれるな。

若い男たちよ。

火をおこせるようになれ。どんな場所でもどんな材料でも、どんなシチュエーションでも野山、あるいは海岸で自分の手によってきちんと炎のでる焚き火をつくれるようになれ。いついかなる事情で家族をつれて都会や自宅を追われ野山をさすらうかわからない時代になっている。焚き火料理は試行錯誤がひとつの力になる。この野外の火をつかって最低三種類の人間の食い物をつくる知識をもちなさい。ただしバーベキューはやめろ。あれは料理ではない。肉や根菜を焼くなら炎の中で。

若い男たちよ。

腹をへっこめろ。腹なんか一センチたりとも出すな。それなりの自分の運動をものにしていればそんなにだらしなく腹など出てこない。一日五分でいいから自分のやりかたである程度負荷のくる運動をしていればかならず効果がある。たえず全身の筋肉に緊張感を持たせる努力をするべきだ。トレーニングのジムなど行く必要はまったくない。床があればいい。それと戦うのだ。男は腹だ。

若い男たちよ。

ラーメン屋の行列に並ぶな。その近隣に行列なしで入れるラーメン屋がいくらでもある。行列のできるラーメン屋との差はいろいろあるかも知れないが、所詮《しょせん》はあるかなきかの差だ。ほかでもそれなりにうまく食えるのだ。ああいう行列に三〇分もアホ面して並んでいる人生を恥じる神経をもて。時間がないんだ青春は。

若い男たちよ。

テレビを見るな。いますこしでも自分の意思というものに興味をもちはじめたとしたらこれから一生テレビを見ない人生をおくればそれなりの自分の人生を歩めるはずだ。いまのテレビは幼稚なディレクターが、異常で狭隘《きょうあい》な精神とわずかな知恵と興味だけで作っている子供文化になっているから見てもなにほどの意味もない。テレビは新聞よりもさらに不要のメディアになっていくと理解すべきだ。テレビを窓から蹴おとせ。

若い男たちよ。

少年マンガ雑誌をすてろ。子供のマンガ雑誌をむさぼり読んでいる若者はいま世界で日本人だけだということを知れ。少年マンガを背中を丸めて読んでいる中年メタボ親父がうんざりいる世の中だから視覚の麻痺《まひ》があって、若者たちはその醜い幼稚な姿に気がつかないのだろうが、明日のメタボ親父は君なのだ。

若い男たちよ。

ズボンをあげろ。アメリカのヒップホップ系の黒人がズボンをちょっとズリさげて頽《たい》廃《はい》を気取ってはじめたのを日本の足の短い若者がやると幼児がうまくズボンをたくし上げられずに便所からヨチヨチ外に出てきてしまったようでまことにいたたまれない悲しい光景になってしまう。あれをみると後ろから行ってひょいとズボンを両手でズリさげてみたくなって困る。若者たちよお前らのパンツは愚かで汚い。

若い男たちよ。

もっと自分の興味をもちなさい。世間のゴシップや流行ものは人生になんの力のたしにもならない。「そんなの関係ねえ」を見て笑うのは一回だけでいい。あんなのは若い者たちの人生のこれからの力にまるで関係ねえ、なんの力にもならないものだ。若者たちよ。むしろ現在に関係ない森羅万象に興味をいだきなさい。樹木を考えよう。泥を考えよう。大気の渦について思いをはせてみなさい。ゴカイに何故足があんなにあるのか疑問をもとう。成層圏とはなんなのか。どうしてオゾン層に穴があくのか。ヒメクダマキモドキとはなんなのか。糞はなぜ臭いのか。

若い男たちよ。

温水洗浄トイレ、いうところのウォシュレットの温水からケツをあげろ。あれをひどい痔《じ》の患者が使うことはあってても日常みんなで使っているのは日本人だけだ。肛門を洗いすぎて肛門付近を守る常在菌がなくなり、日本の若者は世界で一番ひよわな肛門になっているのを知りなさい。

うちわばなし

今朝は四時に起きた。暖かい布団の中でもう少し惰眠方向の続きにいてもいいのだが、苦いコーヒーを飲みたくて起きてしまった。

コーヒーを飲むとすっかり目が冴《さ》えてきて、机の前に座り、原稿の締め切りスケジュールを見る。定期的なものは大体頭の中に入っているが、季刊とか隔月刊などはスタッフの作ってくれている締め切りスケジュールを見ないとわからない。一カ月単位でキチンと締め切り日を書いてくれているが、ときおり季刊などを忘れていることがある。

昨日がそうだった。いきなり明日締め切りです、なんて言われて慌てた。二〇〇〇字ほどのフリーテーマだからなんとか対応できるが、小説誌などの締め切りと重複している時期だったらアウトだった。

そこで夜明けのコーヒーのあと早速書きはじめた。一時間二〇分。こういう短文はワンテーマだから思いついたら話は早い。まだ六時前だから、文章の調子が出てきたところで次の締め切りにいくことにした。おお、なんと、明日すでにレギュラーの締め切りだ。それがこの「ナマコ」の原稿である。

いま週刊誌はこの「ナマコ」と『週刊文春』にあしかけ一七年書いている「風まかせ

赤マント」がある。「ナマコ」のほうは新しいからまだ体になじまないが「赤マント」のほうはもう完全に体の中に締め切り感覚が入っている。二四〇〇字。この「ナマコ」は七枚だから二八〇〇字。原稿用紙一枚の差で微妙に書くテーマやモチーフが違ってくる。面白いものだ。

昨年までは非常に硬派な『週刊金曜日』の表紙写真をやっていたから週刊誌が三本だった。けれど『金曜日』は内容がぼくにはあまりにも多岐にわたって硬派すぎて難しく、編集委員といいながら読めなかったり内容がわからなかったりしているので、これは今はやりの偽装編集委員ではないか、と思って昨年で辞退した。少しホッとした。

だから週刊誌は今は月八回の締め切り。それに月刊の小説連載『すばる』『文學界』『小説現代』、隔月で『SFマガジン』、ルポエッセイや取材もので『自遊人』『つり丸』『東京新聞＝中日新聞』『ミセス』『毎日が発見』『本の雑誌』『アサヒカメラ』、それに東北と沖縄のエリアマガジンがあるから、月に二二〜二四本の締め切りがあるんだなあ、とこの新年にわかった。

多すぎる。でも同時にわかったのは時間さえあればどれも書くのはそんなに苦痛ではないから、ぼくは結局、書くのが好きらしい、ということだった。好きでなければこんなにしょっちゅう原稿を書いているわけがなく、ゴルフとか盆栽とか蕎麦打ちなんかやって嫌がる奴に無理やり食わせている日々だろう。

しかし、問題がひとつある。

これだけいろんなのを書いてきているから油断しているとすぐに単行本ということになる。エッセイなどはいいが、もともと緻密《ちみつ》さと縁のないモノカキだから、小説は連載で書いたものがそのまま本になる、ということにはならないのだ。

たとえばいま『ひとつ目女』という小説の単行本化のために苦労している。『文學界』にあしかけ四年ぐらいかけて断続的に書いてきたその頃もっとも力を入れていたSF的超常小説なのだが、つじつまのあわないところがけっこうあって、これは「味噌蔵」のようなところに入って外から鍵をかけてもらい餌だけもらって一週間ぐらいかかりきりにならないと「製品」にはならないような気がする。

しかし四年間苦労して書いてきたから、なんとか強引にでも完成させたい。幸いこれを連載していた当時のじかの担当編集者、丹羽さんという青年が、異動して出版部になり、この本を担当するというありがたい不思議なめぐりあわせで、この未完成物体を覚えていてくれて見捨てないでいてくれたのだ。よかった。

粗製乱造のモノカキだが、このほか書き散らした文をまとめてくれて本にしてくれたりする。自分で書いているから知っているけれど、わが本には面白いのとそうでもないのがある。文庫なんかはあまりにも古いやつだと出すと世の中の迷惑になるようなのもある。

たまに「これはいいかな」という新刊を知人友人、世話になった人などに送る。献本というやつだ。勝手に送りつけるから相手に迷惑な本だったりすることも多々あるだろうから送る人をそのつど考えるが、いつもかならず読んでくれていちはやくその感想のハガキを送ってくれる編集者がいる。今はぼくの直接の担当ではないけれど講談社の土屋和夫さんとイラストレーターのたむらしげるさん、装幀家《そうていか》の多田進さんの三人である。

土屋さんの読書量は超人的で、ぼくの知っている人でいうと文芸評論家の北上次郎(本の雑誌の初代社長、目黒考二)とこの土屋さんぐらいだ。二人は一晩に二、三冊は読んでしまう。だから土屋さんは確実に読んでくれていて、その感想を送ってくれる。編集者でそういう人はこれまで土屋さんしかいない。これは作者として本当に嬉しいことなのだ。

雑誌連載の担当者には毎回ちょっとした感想や注意点、問題点などをゲラに書いてくれる人とそうでない、ただの義務的な人とはっきり分かれている。編集者としての性格の差がでるのかもしれない。そうしてそういう対応の差は人間だからおのずとこっちの対応にも関係してくる。

土屋さんにならってぼくも本を送ってもらうとかならず礼状を書くようになった。土屋さんのように全部は読めないから読んでいない本は儀礼的なものになってしまい失礼なのだが出さないよりはいいだろうと思っている。だからぼくも献本する相手を考えるようになった。何年送っていても先方に届いているのかどうかすらわからないような人にはもう送るのをやめようと思っている。

わははは。ついまたもや本音を書いてしまった。怒濤《どとう》のような締め切りラッシュをすぎると喜びに満ちて新宿の居酒屋アジトに突入し、たちまち酔眼おやじと化してしまう。逆にいうとこれがないとぼくはたんなる家内制手工業のライティングマシンでしかないから、この居酒屋逃亡も重要なのだ。

少し寂しいのは、ぼくがモノカキになった頃に担当してくれていた親しい編集者がこの頃つぎつぎと定年をむかえて現場から去っていってしまうことである。

考えてみればぼく自身が定年世代で、庭で盆栽、蕎麦を打って嫌がる奴の口をこじあけ、などということをやっていていい歳なのだ。

けれどこれはむかしからの習性なのだけれどぼくはガキの頃からいろんな奴を集めてバカな遊びを率先する名人で、いまだにそういうことをやって常に多くの人々をまきこんで迷惑をかけ続けている。だからそういう遊び仲間の男どもとの世界がいま原稿の次に面白いのかもしれない。

ギョーザライス関脇陥落？

日本を代表する料理というと、古典的には「寿司にスキヤキに天ぷら」ということになるだろうか。都市の国際ホテルにはこの三つの料理の専門店がかならずあるから、外国から来た客はそう解釈するだろう。

でも厳密には、寿司のルーツはなれずしでこれはアジアのものだし、天ぷらはポルトガルという。鋤《すき》で焼いた肉、という話が本当ならスキヤキだけが日本のものだ。

これら古典三役とは別に、誰でも好きだし、毎日のように食べている、という意味の「国民食」となるとラーメン、カレーライスは二大巨頭だろうし、スキヤキが日本のオリジナルとしたら、これをアレンジした牛丼の、この三つが、おお堂々の国民食三役ということになるだろう。

この三つの下に準三役をあげるとしたら、ぼくは第一にギョーザライスをあげたい。

これは学生時代の黄金のメニューだった。たいてい中華スープがついて出てくるから、これでめしが大盛りだったらもう文句なかった。

運動部だったので常に腹ペコでスープではなく麺の中身入りのラーメン（つまりラーメンライス、ギョーザ付き）をスーパーゴールデンストロングトリオとして常にあがめたかったが、なにしろカネがなかった。

大人になってカネが自由に使えるようになったら毎食「ギョーザライスラーメン付き」を食うのだ、ハアハア、とコーフンして東の空など見あげていたものだ。

しかし、実際に大人になると、世の中にはギョーザライスよりもっとうまいものがいっぱいあるのを知り「毎食ギョーザライス！」の純朴な夢もちょっとゆらいでしまった。

今、そのギョーザの母なる国中国ではダンボール入りや毒入りのものが登場したりして大問題になっている。

事件の主犯になっている。あおりをくらって日本のギョーザも未曾有《みぞう》の危機を迎えているといってもいいだろう。

ギョーザにあれだけお世話になり、大人になっていく大きな人生の指標とした、いわば恩師のような立場のヒトが窮地にあるのだ。

こうしてはいられない！

と、立ち上がってみたが、そのあとどうしていいかわからない。

やむなく、こういうページにギョーザについて思うところを書き、少しでもギョーザを励ましたいと思った次第である。

しかし、大人になって行動範囲が広がり、あちこちの国を旅するようになって、ギョーザライスについて我々は大きな誤解をしてきた、ということに気がついたのだった。

ギョーザは中華料理の王道のひとつをいくもので間違いはないが、我々が考えているのとその立場は微妙に違うのである。

このことに気がついたのは、上海のホテルであった。そこの高級レストランで、怒って騒いでいる日本の親父がいたのだ。

「高級レストランなのになんで焼きギョーザがないんだ！」

と、そのエラソーな日本の親父はテーブルを叩いて叫んでいたのである。やがてわかってきたのは、その親父はギョーザを頼んだのだが、水ギョーザと蒸しギョーザしか出てこない。わしは本場の高級焼きギョーザが食いたいのだ！と怒っていたのだった。

しかし、それは親父の認識が甘いのであった。中国でのギョーザは主食のひとつで、基本は水ギョーザ、蒸しギョーザ、せいぜい揚げギョーザぐらいで、基本的に焼きギョーザはない。ギョーザをおかずにごはんという概念もない。

つくったギョーザが翌日残ってしまったときに従業員が、もったいないというので焼いて食ったのが焼きギョーザなのだ。

これは中国人にその頃聞いた話である。

つまり焼きギョーザは従業員の「まかないめし」の範疇《はんちゅう》にある。したがって上海のレストランの中国人にとってはさぞかしおかしなことを言って怒る親父だ、と思ったことだろう。

これは逆にいうと、西欧人が日本の吉兆あたりにいって、味噌汁ぶっかけめしを食わせろ。なぜここにナスの味噌汁ぶっかけめしがないんだ、店長を出せ！　と怒っているようなものだろう。

ついでながら、中国の本格料理には、日本でいうところのラーメンはない。麵料理はいっぱいあるけれどもっと冗長でぬるくてメリハリのないただもうだらしなく麵がのたくっている大鉢スープのひとつにすぎない。

だから十年ぐらい前に中国人が日本にきて、ひょいと入ってカウンターに座ると五分もしないうちにあつあつの一人前のラーメンが出てくる日本のラーメンを知って随分驚いたらしい。

我仰天熱麵塩味味噌味全部莫迦旨謝謝!!　などといって興奮し、激しくワリバシなどをふりまわしたことだろう。いま、中国に日本式ラーメン屋が流行っているのはそのためだ。

しかしそれにしてもギョーザの運命はどうなるのだろうか。不安は続くが、ここに書いてるハナシも続けなければならない。

ラーメン、カレーライス、牛丼が日本の三大国民食として、その下の準三役はこのギョーザライスのほかに何が入るか。

カツ丼はどうした！

ウナ丼だって黙っていないぞ、という声があるのは当然わかっている。

そこで本誌の我が「ナマコ」としては、現在の国民食三役も含めた伝統的な日本の食い物の公式番付を以下に掲載しておきたい。

東正横綱は「カツ丼」である。風格といい全世代的な支持といいドンブリ業界の指導力といい文句のない地位であろう。

西正横綱は「天丼」である。海老《えび》反《ぞ》り薄衣型の土俵入りが美しい。

東西大関に「鰻丼《うなどん》」と「牛丼」が居すわっている。これら上位を占める「丼部屋」系は歴史と格式があるからおのずと底力がある。ラーメンが国民食として力を強めているが一対一だったら負けない。ん？

関脇《せきわけ》にやっとカレーライスとラーメンが顔をだす。関脇の強い場所は面白いというが、今がちょうどそんな時代だろう。

ひいきのギョーザライスも関脇だが、さっきも書いたように今場所瀕死《ひんし》の全敗が予想され、来場所の平幕転落はまぬがれまい。ただし日本人はすぐに忘れるから復活もたやすいだろうとおおかたの評論家は見ている。

小結はハンバーガーで、この世界も外国勢の台頭が目立っている。

以下、平幕上位に細身ながら下町に人気の業師「もり蕎麦」がいる。ライバルは大器といわれながら番付を上がったり下がったりの「天ぷらうどん」が白い肌をふるわせている。この世界も目をはなせないが、目をはなしても基本はあまり変わらないだろう。
ん？

寿司屋の親父は無口がいい

いろんな仕事がかさなって六日ほど日本のあちこちを移動していたら風邪をひいてしまった。ここ五年ほど風邪をひかずにいたから、もうおれは風邪とは無縁の人間となったのだ、神に近づいたのだ「むははははは」などと笑っていたらこのありさまだ。げほごほげほ。

どこでひいたのか考えてみるにどうも愛知県の幡豆町《はずちょう》というところにあるリゾートホテルがあやしい。三連休のときだったので満室で客がうんざりいた。温泉があるわけでもなく、たいした観光地というわけでもないのになんでこんなところがこんなに混むのだ、と不思議だった。

お前みたいなのがわざわざ行って泊まるから混むのだ、という意見は正しいが、おれらは仕事があって、現場にいちばん近いこのホテルに泊まっただけなのだ。仕事というのは勇壮な「鳥羽《とば》の火まつり」の取材だった。二月の雪のなか、高さ五メートル、重さ二トンの神の松明《たいまつ》を炎上させる。夜中の取材だが、巨大な火が燃えているからあたたかく、ここでは風邪の菌も火花とともに虚空に飛び散っていたはずだ。この火まつりのことは別の雑誌に書くが、問題は「忍び込んできた風邪」である。

翌日の朝食がこういう地方のチープなリゾートホテルでは定番の「バイキング」というやつで、満員の客がどっと押し寄せてくるから例によって押すな押すそのがしゃがしゃ状態となる。

そこではじめてどんなヒトビトが泊まっていたかわかるわけだが、いちばんみっともないのは、若いカップルが浴衣にスリッパべたべたひきずってくる姿で、浴衣といったってアレはつまり「ねまき」でしょう。あちこちヨレヨレになった「ねまき」姿で、基本的に無表情顔でお盆持って並んでいる。まだ二十歳を出たか出ないか、夫婦でもないようなガキのカップルがいっぱいいる。日本って本当に重症にユルイ国なんだなあ、とこういうときにつくづく思う。

客は大きく三種類あって、このほかに子連れの若い夫婦。子供が意味なく走り回り、お盆もってうろうろしている他の客にぶつかったりしている。お盆ひっくり返さなかったからよかったようなものの、場合によっては子供が味噌汁を頭からかぶる。こういうとき、走り回る子供を叱《しか》らず、どうして味噌汁をうちの子の頭にかけるんだ、不注意じゃないか、などと怒る夫婦のほうが多い。

これらを圧するように大勢力の団体客が怒濤の寄り身でおしかける。これは圧倒的に中高年が多く、早朝台風のようなものだ。それが何グループもやってくる。そのなかには中国人や韓国人勢もいる。

「上海、大阪、京都、東京、箱根《はこね》、豪華五泊の旅」なんていう看板が表にあった。五泊のなかの一泊がこのホテルなんだろうけれど、観光地ではないからここの地名は「豪華」の中には書いてない。大阪と京都を昼間回ってここに泊まったのだろうか。

こういう団体のあとに並んでしまった。彼らはもの凄いいきおいでさわぎながらバイキング料理を奪っていくからそのあとは惨憺《さんたん》たるものになる。かなりあちこちでくしゃみや咳が聞こえていたから、その飛沫《ひまつ》がバイキング料理にふりかかっていた可能性が高い。バイキングではなくてバイキン料理だったのだ。

これまで世界のいろいろな辺境地といわれるところをいき、それしかないのでトカゲやサルやヘビなど食わされてきたが、そういうものでも火さえとおっていたら平気だった。そういうのは平気だけれど、そこらの居酒屋とか寿司屋のほうがいやだな、と思うことがよくある。それはサービスのつもりらしいのだが、大声をだすところである。

アホな経営者や店長がそうさせているのだろうけれど、客がくると全員が目玉飛びださせんばかりに力をいれて「いらっしゃいませー！」などと叫ぶ。

こういうところは何でも叫ぶから料理をもってくると「こちらアスパラのサラダともやし炒めになりますう！」などと両手に持った盆の上で大声で叫ぶ。そいつの唾《つばき》がまんべんなくそれらの料理の上に噴射される。

そんなに大声で叫ばなくても、持ってきたのを見れば黙っていてもアスパラのサラダともやし炒めがきたんだな、ということはわかるのよ。もしそいつがバケツとアイロンを持ってきて「こちらアスパラのサラダともやし炒めになりますう！」などと叫んでいたら、それらがこれからどうやってアスパラともやしになっていくんだろう、という興味がわくが、そうでなければそんなに巨大な声で叫ぶことはないんだよなあ。

おしゃべりな親父の握る寿司も嫌いだ。うまそうな中トロやヒラメの握りも親父の唾にまんべんなくまぶされて「はいおまち」などとでてくるのだ。

ぼくがこういう口からの「飛沫」を異様に気にするようになったのは、何年か前にテレビ朝日で放映したライアル・ワトソンの「風の博物誌」のドキュメンタリーシリーズのナレーションを担当したときに起因している。

このとき、人間の咳やくしゃみによって唾の粒子がどのくらい広範囲に噴射されるか、を超高速度カメラがとらえているのを見た。

なんと直径にして二メートルぐらい、距離は四メートルの先までひろがる。普通に話をしているときでも直径五〇センチ、距離一メートルはその人の唾液《だえき》の飛沫が拡散している。ナレーションというのはタイミングをはかるために同じ場面を何度も見ることがある。この場面もそのひとつだった。以来、このことが妙に神経を過敏にさせた。

テレビのCMなどの殺虫剤のスプレー噴射なども見ていて気持ち悪い。あのノズルから噴射された殺虫剤は人間にもいいわけはないだろう。CMはあたかもその標的、蚊とかゴキブリだけに噴射されているように見せているけれど、噴射された虫殺しの溶液の飛沫は絶対に跳ね返ってくる。跳ね返ったナノミクロン単位の飛沫はまた跳ね返り、それが延々と続く。ワトソンの本によると、窓をあけて扇風機で部屋の中の空気を排出しないかぎり一～二秒の噴射で飛び散った溶液の飛沫は一日中その部屋の中を飛びつづける。当然呼吸にも関係する。部屋の中においてある食べ物の上にもふりかかるだろうし、何よりも怖いのは、そこに赤ちゃんなどが寝ていたりする場合である。

毒入りギョーザが問題になっているけれどぼくはこの密室の殺虫剤の噴射だって怖い。ゴキブリなどを殺すために密閉した部屋のなかでたく殺虫煙も当然残留物質が怖い。

そう考えると寿司屋の親父の唾液の一万粒もどうってことないか、と思うのだが、しかし親父の唾はやっぱりいやだなあ。

小太り人間のいる世界

空港などで時々見知らぬ人に話しかけられたりする。まあぼくの顔を知っている読者だ。それはそれでありがたいことである。

そのときに「意外と背が高いんですね」とか「意外と瘦せているんですね」などと言われることが多い。

「え、まあ」などと対応しているけれど、あるときフと考えた。

「意外と」というのはいったいどういうコトなんだろう。これはよく考えると逆にイメージしていた、ということになる。小太りの小さい人？

で、あるときなんとなくわかった。もしかするとテレビなのだ。時々海外の旅ものドキュメンタリーなどでテレビに出る。

頭に浮かんだのは空港やホテルなどのテレビを見ていて以前から気になっていた「アスペクト」である。「アスベスト」じゃないですよ。映画やテレビなどの画面のタテヨコ比。

テレビは通常三対四の比率。縦三に対して横が四の比率で、一対一・三三（映画のスタンダードサイズは一対一・三七）。これに近いのが黄金比で（一対一・六一八）、見ていて一番精神が安定する比率らしい。

最近発売される薄型テレビなどはこぞって横長の画面のものになった。ＮＨＫなどの影響で「ハイビジョンサイズ」などと言われたりしているけれど、映画でいうと一対一・六五のビスタビジョンサイズ。

この画面サイズで放映する番組も増えてきたから、より鮮明により大きく、というのが主流になりつつある。ところがここに問題がある。三対四の標準サイズの画面にビスタサイズのものが映されると画面の上下に余白のある横長画面になる。映画なんかでよくあるでしょう。

つまり大画面の筈のものが標準比の画面に映すとかえって小さい画面になってしまうのだ。シネマスコープは一対二・三五の比率だからそのまま映すとさらに横長に小さくなり、標準画面の半分ぐらいになってしまってもっとも小さな画面、という映画劇場とはまったく逆の現象になる。

そこで最近流行りのビスタサイズの横長の大きな画面のテレビが力を発揮してくる。映画などはオリジナルの作品がビスタビジョンサイズだと大画面ぴったりとなって大迫力。オリジナルがシネマスコープだと、ここでも上下に余白が出てしまいビスタビジョンより小さくなってしまうけれどまあ我慢しよう。こういう画面でＤＶＤをドルビーサラウンドなどで見ると、自宅にいながら劇場感覚で映画を見ているようになるのだから映画好きにはいい時代となった。で、話はその空港やホテルなんかに設置されている横長画面テレビに戻る。

気になることというのは通常の標準サイズで放送しているのをそのまま強引に横長に延ばして放映している場合がけっこう多いことだ。大きければいいだろう、という考えなのだろうか。でもこれだと画面に映っている人の顔も体もびよーんと横に太っていく。もともと丸顔の人などはまことに平たい楕円形《だえんけい》横丸顔の人となり、かなりの迫力におかしさが加わってくる。痩せて背の高い人も左右に広げられるから小太り小柄のバランスになる。

横長テレビでもちゃんとしている装置では標準サイズの放映のときは左右にアキスペースができ、ビスタサイズ上映になるとどーおんと画面いっぱいになり、なんでもかんでもすべての画面を横に強引に広げる、ということをしないようになっているのだが、これも自動でできない受信装置があって人間がいちいちアスペクト比を変えなければならない。けれどアスペクト比を変える装置がついているのならいいが、ホテルなどに置いてある、大量に買って設置してある安物テレビにはこの切り替えの装置がなく、すべての番組を横延ばしの状態で見なければならない、というのがけっこう多いのだ。サービスではなく乱暴なだけなのだが、一流の都市ホテルにもこういうのがいっぱいある。アスペクト比が気になるぼくはそんなテレビでは何も見たくなくなるが、相撲のときだけ我慢して見ている。そういう強引なテレビで見ていると現代の相撲取りは全員おそるべき肥満体に見える。

ぼくはかなりの映像オタクで、自宅の書斎は防音された部屋にしており、ここに二〇〇インチのスクリーンを設置して投影方式（プロジェクター）で映画などを映している。ちょっとした映画館のようで嬉しいのだ。

しかしここでもシネマスコープと標準（スタンダード）画面の逆転がおきてしまうのだ。シネマスコープのものを左右いっぱいにして映すよりもズームで拡大したスタンダードのほうが巨大画面になるのだ。このへんややこしいからわかる人だけわかって下さい。

家庭で映画館のように再現できるといってもやはり本物の映画館にはかなわない。けれどひとつひとつのキャパシティの小さいシネマコンプレックスなどで上映している映画にはフィルムではなくＤＶＤの再生というのもけっこう多いというから、そうなるとシステムの基本は同じである。

思えばそのむかしシネラマや七〇ミリ映画が全盛だった頃は本当に映画館は偉かった。サラリーマン時代、ぼくは銀座にある会社に勤めていたので暇になるとよくさぼって映画を見ていた。銀座界隈《かいわい》はロードショウ劇場から小便臭い「小屋」といったほうがいい名画劇場までよりどりみどりだった。とはいえポケットの中の金と相談してのヨリドリミドリだったけれど。

一番凄かったのはなんといっても「テアトル東京」である。今のセゾン劇場やホテル西洋銀座がある場所にむかし建っていた。

ここでシネラマを見たことがあるが、当時のシネラマは三つの撮影機で撮った映像を三つの映写機で再生するという大がかりなものだったから画面もやたら大きかった。縁があってそのテアトル東京の映写システムという書類をむかし手にいれたことがあるのだが、もっとも大きく映していたスーパーシネラマ『西部開拓史』などのときは縦九メートル、横二二メートル、奥行き六メートルの画面であった。奥行きというのはスクリーンが湾曲しているからである。その頃、テアトル東京の座席は一二四〇あって全部座席指定だった。そして『ベン・ハー』のときなどは三回見にいったがすべて満席だった。当時、日本でシネラマを見られるのはこの劇場と大阪の「梅田OS劇場」、それに名古屋の「中日シネラマ劇場」の三箇所だけで、中日のスクリーンの大きさときたら縦一一メートル、横三〇メートルというのだから物凄い。たぶん世界一の巨大画面ではなかったろうか。やっぱり名古屋。やるときはやるのだ。

風邪と辞書

風邪をひいてしまった。悔しい。

そこで発見したのは風邪をひく瞬間っていうのがあってそれは「わかる」ということだった。

快晴だったが風の強いその日、髪の毛を洗うために昼の風呂に入り、自由業というのはこういうときにいいよなあ、などと「ほくそ笑んでしまった」のがまずその要因の①であった。

「ほくそ笑む」というのを辞書でひくと「物事がうまくいったとひそかに笑う」と書いてある。あきらかにここには「明朗」とか「快活」とか「呵々大笑《かかたいしょう》」などとはちがう暗い笑いの要素がある。越前屋系というか遠州屋系というか、つまりは「おぬしも悪よのう」系の笑いの気配が強い。下を向いて声をしのばせて笑っている。フフフフフ。

まあ昼間、髪の毛を洗ったとしてもそんなに「悪よのう」とは思われないだろうが「ほくそ笑んで」いたところをつけこまれてしまった公算が強い。精神の傲慢《ごうまん》なところを見抜かれてしまったのだ。

「ほくそ」を分解すると「ほ」と「くそ」からなりたっているのがわかる。

したがってもとは「ほ糞《くそ》」である。「ほ糞」というのはどういう糞であろうか。『世界糞便大事典』をみると「あまり臭くはないのだが見る人に無力感、脱力感をもたらすような糞便＝あこぎ、陰険便」とある。ではこの逆に「臭いけれど見る人の気持ちを奮い立たせ積極的な感情をもたらす糞便」というのがあるのだろうか。

　調べてみるとあるのだ。

「なに糞」である。同書によると「かなり臭く、いやになるほどだがそれによって気持ちが引き締まりやる気になる糞便＝用例①こんな糞をしていてたまるか、なに糞と憤然とする。糞然は誤用」とある。

　まあそういうわけでぼくの「ほくそ」が風邪の「邪気」につけこまれたのだ。同時にそのとき洗濯物を干すためにTシャツ一枚で屋上に行っていた。風呂あがりだから体は主観的にはあったかい。ところが、このところいろんなところから「地球温暖化」「環境悪化」「氷河が融ける」などと集中砲火のごとくさんざん悪く言われていて密《ひそ》かに怒りまくっていた冬の風がぼくの濡《ぬ》れた髪の毛やTシャツ一枚の「油断」を見逃さなかった。それが要因の②である。

　実はそのときちょっと寒いな、と思ったのだ。でも洗濯物を干している途中で階下におりて厚いシャツを着るよりも、さっさと先に干してしまったほうがいい、という思いがあった。思いあがりである。

「思いあがる」を辞書でひくと「実際よりも自分をえらく考える。うぬぼれる」とある。そうなのだった。今だからいうが、あのときぼくは「風」よりも自分のほうが強い、偉いんだ。「なめんなよ」と思っていたのは確かだった。そのとき「風邪」がするりと入り込んできたのである。正確には風邪の「邪気」である。

「あっ、いま何か入ったな」

と、そのときぼくはそれを感じたのだ。嘘ではない。本当に「するっ」と入ってきたのだ。あのとき「邪気」はどこから入ってきたのだろうか、とそのあとたびたび考えるのだが、たぶん精神の隙間から入ったに違いない。

「邪」を辞書でひくと「正しくない。心がねじけている。まがっている。よこしま」などと書いてある。いちいち自分のことを言われているようでビクッとする。

落語に「なったなった邪になった。とうけのむこさん邪になった。なーんの邪になあられた。大邪になあられた」という有名な祝《いわ》い歌がある。

そうなのである。ぼくはあのとき、「ふうじゃ」になあられたのである。

午後には頭が痛くなっていた。頭痛である。風邪以外にもいろいろ頭痛のタネはある。原稿の「締め切り」などというのも頭痛のタネのひとつである。

「締め切り」を辞書でひくと「取り扱いを打ち切ること。期限。ふさがっていること。いつもしまっていること」などとひどいことが書いてある。何ひとつ相手に希望をあたえることは書いてない。だからぼくは作家になってから「締め切り」というコトバが大嫌いだった。「シメ」と聞くだけで嫌な気持ちになった。「シメナワ」とか「シメサバ」なども嫌いな言葉である。シメサバのうまいのは酒の肴《さかな》に好きだが「シメコロス」などという言葉は嫌いだ。「シメコロス」を辞書でひくと「首を強い力でしめて殺す」とある。

弱い力で締めては駄目なのだ。週刊誌なども「締め切り」を告げるときは強い力で告げる。締め切りはいやだが辞書ではその隣にある「しめい＝指名」はそんなに嫌ではない。「あけみさんご指名」などというのはいいような気がする。「しめこのうさぎ」というのは「しめ子」という名の「兎《うさぎ》」がいたのではなく「物事がうまく運んだこと。うまくいったの意味（しめた）を兎を締めるにかけた、しゃれ」と辞書に出ていた。やっぱり越前屋系なのである。

夜になると全身がだるくなりやや熱が出てきたようだった。自分から地球温暖化に加担するようなことになってしまったのだ。毎日飲んでいるビールも今夜は飲みたくない。邪が体内で急速に成長しあちこち走り回っているのがわかる。おれの体をどうしようというのだ。

家庭常備薬の箱をあけて総合感冒薬をひっぱりだした。透明カプセルになっていて中にいろんな色をした細かい粒々が入っている。体内でカプセルが破裂するとそれらが邪のまわりを一斉にとりかこみ「コノヤロ、このヤロ」などといって攻撃してくれるんだな、という意気込みがわかりミサイルみたいで見るからに頼もしい。

「どうかたのみます。このじいの体の中に邪が入り込んできよりましたによって先生いっちょうやっちゃってください。お礼はたんまりはずみますで」

「おお、とっつぁん、まかしときなよ」

ミサイルのわりには随分古い言葉づかいなのが気になったが、やつは威勢よく胃袋めがけて突入していった。

ぼくの体の中の「邪ども」はすでに膝《ひざ》と肘《ひじ》関節あたりの方向に分散していったようで戦闘区域は拡大しつつあるようだ。どうも戦力を比較すると心配だ。かといって第二発、第三発と援軍を続けて撃ち込むわけにはいかない。薬の箱に指定量を守ること、と書いてある。世界平和を祈りながら眠ることにした。熱があるのでいま何を書いているのかよくわからなくなりつつある。(風邪以外はかなり嘘が書いてあります。信用しないように)

絶叫本のご案内

ひと月に一度ぐらいのペースで仲間らと釣りにいく。堤防釣りが主でときおりフネで沖釣り。どっちもたいしたものは釣れない。

「雑魚《ざこ》釣り隊」と名乗る一団なので狙うは雑魚なのだ。いつも必ずキャンプだから獲物の雑魚をそっくり出汁《だし》にして磯鍋《いそなべ》をつくり、焚き火をかこんでビールなど飲み「ひゃあ！　まったくうめえなあ」などとみんなで月を見上げて涙ぐんでいるバカたちなのである。

最近そいつらとの天幕釣り旅行状記を本にした。『わしらは怪しい雑魚釣り隊』（新潮文庫）という題名だ。全員あまりにもアホバカで怪しく、書いている当人（おれのことですが）も笑ってしまうという本なので、いま人生が悲しい人はすぐ走っていって買うように。

釣りに一番ポピュラーな餌はゴカイとかイソメとよばれるものだ。ミミズにやたら沢山の足がついているような水の中のぐねぐねした生き物で、中国では「水百脚」とよばれている。見るからにこの文字わかりやすいですね。

釣り具屋で五十四ぐらいがパックになって七百円前後で売っている。みんな絡みあっていて、そこから一匹引っ張りだすといきなり激しくクネクネ動いて一〇八本ぐらい（推定）ある足をうごめかし必死に逃げようとする。しかしそいつの首を摑んで口に無理やり釣り針を差し込むのだが、イヤイヤをして口の左右から牙《きば》をだし、指にかみつくという素直ではないやつらなのだ。

もっとも彼らが受けている「しうち」を人間のサイズにして考えたら、鋭くとんがった物干し竿《ざお》ぐらいのモノを無理やり口の中に差し込まれている、ということになるので怒るのは当然だ。

しかしこのイソメ、ゴカイ類はとにかく見るからに醜悪で釣りのときにこの餌《え》づけが苦手である。もしも誰かに捕まって縛られ、なにか白状しないと「アオイソメやゴカイを三つ葉と一緒にタマゴで煮て『アオイソメゴカイ丼』にしたものを作って食わせるぞ」と言われたらすぐさまなんでも白状してしまう自信がある。

最近雑誌『つり人』の別冊で『バチ抜け地獄』というムックがでた。表紙はこのゴカイ類が沢山泳ぎまわっている見るもおぞましい写真で「おそらくきっと世界初」というサブタイトルが躍っている。中はゴカイ、イソメ

オニイソメ、体長１メートル（別冊つり人『バチ抜け地獄』、つり人社より）

類の近接、密着写真満載で、ゴカイの顔のクローズアップなどもある。こいつらのいろんな種類の写真もあって「オニイソメ」というのは長さ一メートルもある。絶叫しつつめくっていった。スーパーコールデルというのは長さ二メートルにもなり、ちぎって餌にするという。こいつのクローズアップ写真が一番恐ろしい。「バチ抜け」というのはこういうゴカイ類が産卵のためにいっぱい集まってカタマリ状になっている状態で、もし泳いでいってこういうのに頭を突っ込んだら絶対おれは死を選ぶ。

『魚介類に寄生する生物』（長澤和也、成山堂書店）も絶叫本である。雑魚釣り隊の折りに釣った魚をさばいていると、鰓《えら》のところなどに寄生虫がいるのをときどき見る。イカやサバなどのアニサキスなどはコメツブぐらいの大きさになるからよくわかる。魚介類にはけっこういろんな寄生虫がいるのだ。

カキやホッキガイなどにもいやらしいのがいる。ヒラムシやヒモビルの仲間だ。ヒモビルとはつまりヒルだ。形もヒルである。こういうのを取り除かないでカキフライなどにするとヒルを食っている場合もあるのだ。ああいやだ。ウニやナ

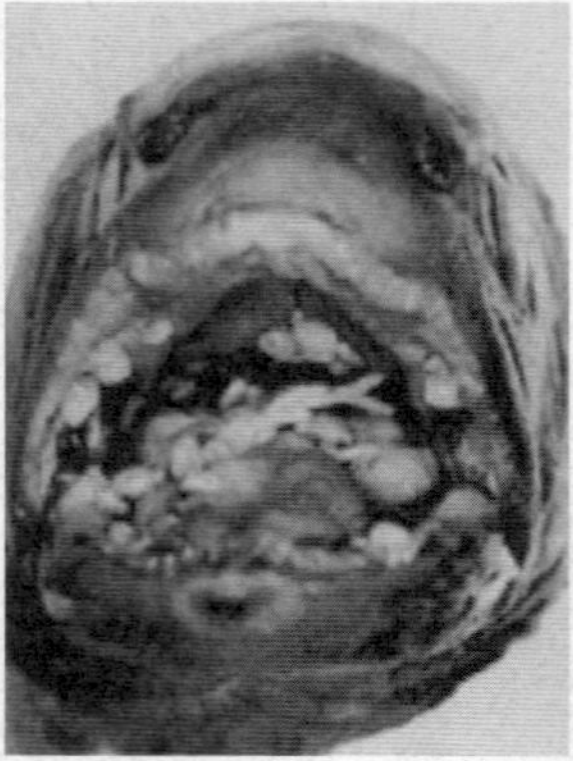

イワナの口の中の寄生虫（『魚介類に寄生する生物』、成山堂書店より）

マコ類にも吸虫類や渦虫類がけっこういる。

「このナマコ酢はうめえなあ」

などと言って腸の中にいる一〜三ミリぐらいのムシどもも一緒に食っている場合もあるのだろう。

　この本で絶叫するのはイワナの口の中にびっしりはびこっているサルミンコーラというカイアシ類の写真である。ウジムシみたいなのがイワナの口の中に一杯くっついている。こういうのに寄生されたイワナはたまらないだろう。口の中にびっしりくっついているソレを取り除いてくれる医者は川の中にいないのだ。イワナはもうイワナなんかやってられねえ、と思うだろう。おれもイワナに生まれなくてよかった、とつくづく思ったものだ。

　ダルマオコゼの体表にくまなくとりついたヒドロ虫の絵を見たときもこの本をほうりなげてしまった。でも少したってまたそのページをひろげ、目から腕いっぱい離してそおっと見てしまったけれど。おれダルマオコゼに生まれなくてよかった。

『ゴキブリだもん』（鈴木知之、幻冬舎コミックス）は世

まだ小型のヨロイモグラゴキブリ（『ゴキブリだもん』、幻冬舎より）

界中のゴキブリ写真集。表紙はチャバネゴキブリのようなのがわさわさいっぱい集まっている写真。すでに全体にアブラネトネト感に満ちていて、ゴキブリだめなひとには刃物はいらぬ状態となっている。

それにしてもよくこんなに世界中のゴキブリを集めたものだ。そしてよくこんなに沢山の種類のゴキブリがいたものだと驚く。みんなギトギトネトネトに脂ぎっている。おれはゴキブリはわりあい平気なのだが、インドにいるという「ムネジロゴキブリ」にはたじろいだ。背中の紋様がガイコツによく似ているのである。

ゴキブリがメンタイコのようなタマゴのかたまりを産んでいる写真。成長した幼児ゴキブリを二十匹ぐらい尻《しり》のところに従えて歩いている場面。ゴキブリ嫌いは絶叫するしかない。写真集にある「ヨロイモグラゴキブリ」はオーストラリア産で体長八センチ重さ三五グラムほどにもなるという。わあ、もう枚数がなくなってきた。おれがゴカイより嫌いなのはヒルなのだが『アゲハ蝶《ちよう》の白地図』(五十嵐邁、世界文化社)にインドで「ヒルが絨毯《じゆうたん》状にいる」ところを行く話が出ている。絶叫以外に出す声がない。

猫に棺桶

ちょっとした旅行のときに駅近くの書店で新書本を買うことが多い。一時間前後で読めてしまえるし、つまらなくてもあまり損をした気分にはならないから週刊誌に新書一冊あればまあだいじょうぶ。

先日は『なぜ夜に爪《つめ》を切ってはいけないのか』（北山哲＝角川ＳＳＣ新書）をパラパラやって大阪にむかった。日本の迷信についての研究概説書である。

ここにはいままでいろいろ聞いていたものや、はじめて知るものが出ていてなかなか面白かった。

夜中の爪切りだが、むかしの夜は電灯のあかりも暗く、江戸時代などはアンドンだったろうから、暗い夜に爪を切るとついつい切りすぎて深爪になったりするからだろう、と思っていた。もっとも江戸時代にはどんな爪切りがあったのだろう。町人は剃刀《かみそり》、やくざは長脇差《ながわきざ》し、エリート侍は名刀正宗。

しかしあまり名刀となると勢いあまって指そのものまで切り落としてしまう心配もある。

けれどこの本を読むと、正確には「夜に爪を切ると親の死に目に会えない」というものだった。むかしは死者を埋葬するときにその近親者が自分の爪や髪の毛を一緒に埋める、という風習があり、そういうことがからんで爪を切ると縁起が悪い、親が死ぬ、というからみになっていったのだろう。そうなるとむかしの人は爪を簡単には切れなかった筈だ。

爪を切った嫁を「わたしを早死にさせたいのかい」などとネチネチやる嫁いびりの姑《しゅうとめ》がいたりする。だから嫁の爪はどんどん伸び、その隙間にゴミなどたまる。あるときあまりにも姑のネチネチ攻撃に耐えきれなくなってついに嫁と姑の大喧嘩《おおげんか》になる。爪を長く伸ばした嫁のひっかき技は鋭く、爪のあいだにたまったゴミや細菌が姑の傷に入り込んで姑は熱をだし深い病の床につくのであった。

この話はぼくの創作だからあまり真剣に読まないでね。

そのほかの迷信を見ていくと「死」にからむものが多いのにびっくりする。たとえば「柿《かき》の木から落ちると三年後に死ぬ」なんていうのがあって「ひええ」なのであった。

しかしそれならば厭《いや》な上司とか姑を柿の木に登らせる、という作戦が有効ではないか。どうやって厭な上司や姑を柿の木の生えているところに連れていくか、どうやってそこに登らせるか、という問題がある。落ちて怪我をしても三年間は生きているというから逮捕される心配はないのだけれど。

でもこれはあまりアテにはならない。ぼくなどは子供の頃、自分の家の庭にある柿の木から三度以上落ちた記憶があるが、まだしぶとく生きている。柿の木もヒトを選ぶという説がある。

この本の正しい解説によると熟れた柿の実は人魂《ひとだま》に似ているから、それを崇《あが》めるという教えがまずある。それから柿の木は成長が早く、枝が折れやすいので子供をやたらに登らせないためだという。

「手振り水をかけられた人は死ぬ」

というのもこの本で初めて知った。手振り水とは手を洗ったあとに手拭《てぬぐ》いなどで拭かずに手を振ってしずくをまきちらして乾かす動作である。思えばコレよくやっているよなあ。厭な上司をハメるのにはこれだとたやすいではないか。

パワハラやセクハラに苦しんでいるＯＬらが結託して、まずは洗面所に問題上司をコトバ巧みに誘いこめばいいのだ。

「ちょっと個人的なことですが思い切って告白したいことがありまして……」などと色っぽく言えばたちまちついて来るだろう。

誘いこんだら手振りである。一気にトドメをさす意味でも被害者ＯＬみんなで取り囲み一斉に手振り水をかける。上司は「なんの意味があるんだ！」などと怒るだろうがじきに死んでしまうのだから問題ない。

でもハメられた上司にも必死の復讐技《ふくしゅうわざ》がある。「手振り水をかけると、親の死に目に会えない」という返しコトバがあるのだ。パワハラ、セクハラで悩むOLは少し悩むところだろう。

「仕付け糸をとらずに着物をきると死ぬ」

というのがある。昔の死人は白装束《しろしょうぞく》を着せられたが、その白装束の着物は近親者が縫う。そのとき縫った糸には結び目をつけないのが重要なしきたりだったから、そこからきた迷信らしい。

厭な上司に仕付け糸をとらない白装束を着せるにはどうしたらいいか。かなり難しい課題だろうが、カラオケ仮装大会などを利用するテはあるだろう。しかし白装束の必要な歌って何かなあ。

『カラスが鳴くと人が死ぬ』

という凄いのがある。ぼくの家は新宿の西にあるが、カラスが一日中鳴いている。したがって近所を歩くと死屍累々《ししるいるい》。東京の人口はどんどん減っている筈なのだがなあ。

この語源は、むかしの墓場に関係しているらしい。新しい墓には死者のためにいろんな料理が供される。カラスはよく知っていて新しい弔《とむら》いがあるとそこに群がる。

それだけではなく、江戸のむかしはかなりあちこちの窪地《くぼち》に死体が投げ込まれていたそうで、そこでは実質的な鳥葬が行われていたのだ。その主役は当然カラスである。

「茶碗を叩くと餓鬼が集まってくる」

というのもなかなか意味深いオコトバで、むかしの子供はお腹《なか》がへると茶碗をハシで叩いてごはんを催促した。叩くといえば「チャンチキおけさ」は小皿を叩いていた。しかし小皿では酔っぱらい親父はくるが餓鬼は集まらないのだ。

餓鬼はそこらのガキのガキではなく、生前に悪行をつくして死後に餓鬼道におちた仏法上の鬼をいう。餓鬼が集まってくると、人間のガキが御馳走《ごちそう》を食うまえに餓鬼が食ってしまうからガキが飢えて死ぬ。どうも迷信を信じているとどんどんヒトは死ぬしかない。

ひとつだけ望みがある。

「猫が棺桶《かんおけ》をまたぐと死人が生き返る」

というのだ。なんかこわいけれどやってみる価値はあるような気がする。問題は棺桶をまたげるだけの足の長い猫がいるかどうかだが、まあここは大目に見て「飛び越えアリ」ということにしよう。

どうしても生き返らせたい人だったらやってみるべきだ。まずそこにいる親族一同に説明する必要がある。

「集まったこの香典をどうすんだ」

と、怒る叔父もいるだろう。

「戒名の取り消し返金は可能なのか」

といきなり葬儀屋に相談する親戚《しんせき》筋もいるだろう。

「猫にまたがせないで！」と必死に叫ぶ爪の長い「嫁」もいるだろう。

5

風景の賞味期限

役人を琵琶湖に投げろ

どうも役人が嫌いだ。まあ、世の中の多くの人は「お役人が大好きで大好きで」というヒトはあまりいないような気がする。

大好き、と言っている人は役人から仕事をもらおうとしている立場の人で、本心はわからないよな。ここで言っている役人は、肩書つきの、いわゆる「偉い役人」である。正確には「偉そうな役人」である。ドラマ「水戸黄門」なんかに出てきてけっこういぶられたりしている役人である。

あまり会いたくないのだけれど、時々どうしても役人と顔を合わせなければならないときがある。やつらは独特の「役人顔」をしている、とおれは昔からそう思っていた。体のどこかから「エラソー光線」を出している。いや「光線」などというとウルトラマンみたいでカッコよすぎる。そんなんじゃない。正確には「エラソーじとじと波」のようなものだ。基本は電磁波みたいで陰険なの。

かつて、ある都市で「水」と生命にまつわるパネルディスカッションに出席し、農水省の役人とモロにぶつかったことがある。

日本の行政はなにかとカッコつけてよくパネルディスカッションっていうのをやるけれど、あれはたいてい司会役が段取りにそってとにかく大過なく進めていこうとするから、発言者の意見はまるで交差せず、活《い》きたディスカッションなんかには絶対ならないことのほうが多い。だからたいてい圧倒的につまらない。

でもそのとき、おれは役人に嚙《か》みついた。だって琵琶湖のブラックバスをしきりに「害魚」「害魚」と言い、それを「駆逐《くちく》」すると何度も言うのだ。

あれは外来種で琵琶湖の固有種を食い荒らしていてあんな害魚は畑の肥料にしかならない、と役人は言うのだ。

「あなたはブラックバスを食ったことないんでしょう」

と、おれは怒ってお上を恐れぬコトを言ってしまった。もうちょっとで後ろ手に縄でしばられお白洲《しらす》にひきたてられるところだった。

役人は「あんなもの食うの？」と驚いた顔で言った。「食いものじゃないでしょう」という顔だ。

「食べられます。十分食べられます」

ブラックバスは実際うまい魚だ。

おれは琵琶湖キャンプで何度も食っている。あの魚は肉食だから身がシャキシャキして味が「江戸っ子」だ。

簡単な食い方はワタをとってそこにハーブ系の野菜などを詰め（なくてもいいけど）アルミホイルに包んで焚き火にいれて蒸し焼きにしてアチアチのところをマヨネーズと醤油《しょうゆ》で食う。こんなにうまいものはない。

だから「食いもしていないのに」害魚などと言わないでほしいのだ。おれはその当時、カンボジアから帰ってきたばかりだった。かれらは渇水期の巨大な泥湖トンレサップの不漁に苦しみ、ちいさな貧弱なナマズなどを食っていた。たとえばあそこに琵琶湖のブラックバスをもっていったらみんな歓声をあげて喜びむしゃぶりつくだろう。

北海道では増えすぎたエゾ鹿《しか》が木の皮や芽を食ってしまうというのでこれも害獣指定になっていてハンターに次々に撃ち殺されているのを見た。

でも理解できないのはその鹿肉を一般に流通させて食わない、ということだ。鹿系の肉は欧米では牛などよりはるかに高級で、げんに大変うまい。でも日本はついこのあいだの明治の頃にはじめて牛肉をおそるおそる食った肉食未開民族だから、低カロリーで淡白な、すこぶるおいしい鹿肉の味やその価値を理解しようとしないのだ。

おまけに殺した鹿は畑の中の回収センターのようなところにほうりこまれて、たぶんあれはそのあと焼却廃棄となるのだろう。毛皮もとらずにだ。ぼくの家にときどきアメリカインディアンのシャイアン族の末裔《まつえい》が遊びにくるが、彼らは鹿を捕ると食べられるものは全部食べ、当然毛皮は大切に様々な用途に使っている。殺した獣の命のすべてを人間が責任をもって感謝しつつ享受する、という姿勢と仕組みがそこにある。

またブラックバスの話に戻るが、日本はこんな無駄なことをしながら、たとえばアフリカのビクトリア湖のナイルパーチ（二メートルで一五〇キロになる）を加工魚類の原料として大量に輸入している。いろんな魚類系練り物などに使われているからこれは弁当のおかずなどの定番にもなっていて、日本人でナイルパーチを食っていない人はまずいないそうだ。そんなのをアフリカくんだりから輸入しているんだったらブラックバスのほうがよっぽど話は早くて安くてうまいぞ。

デリバリーコストも安いし、琵琶湖の漁業関係の人もきっと喜ぶぞ。

役人たちは、「食える」のか「食えない」のか、「害魚」であるのかないのか、そういうことを確かめるためになんで自分のからだを動かさないのだろうか。食料自給率が四〇パーセントにも満たないこの国が「試しでも食おうとしない魚」をえらそうになにが「害魚」だ。ブラックバスを害魚と言い切る前に一度でもいいから現場でそれを食ってみろ、と役人たちに言いたい。スーツは着ていていいから長靴だけでもはいて岸辺にいきなよ。そうして自分の目と手と口を動かしてみなよ。そういうことをしてからこの前のようなパネルディスカッションに出てもらいたい。

話違うけれど、このあいだある国家的役所からヘンテコな依頼がきた。これもレッキとした役人の公務なのだろうから、ありのまま書くと、やはりパネルディスカッションのようなものへの出席依頼だった。

そこには「明るく楽しく、こういうことを質問してください」という項目があり、ぼくに頼みたいという質問事項がいくつか書いてあった。

ぼくのそういう質問に対して、それぞれの回答を写真や説明書類をみせて聴衆に説明する、というのである。

？？？　これはいわゆるひとつの「ヤラセ」なのではないのかね。

そこへ行ってこのへそまがりの役人嫌いのぼくが、小学生みたいに、用意されたとおりの質問を〝明るく楽しく〟質問するとでも思っているのだろうか。コレ発想があまりにも幼稚ではないのか。国の役人というのはこんなレベルのことを考えているのか。

それよりも、なぜそういう国家的業務のＰＲ活動を、役人たちでやらないのだろうか。

いろいろな驚きや疑問があった。

その日は仕事があったので断ったけれど、きっと別の誰か「素直」な人が明るく楽しくそれらの質問をするのだろう。

役人たちがやっているあらゆることがますます信用できなくなった。こんな役人はみんな琵琶湖にほうり投げたほうがいい。

陽春よもやまクルマ話

一二年乗っていたオンボロベンツが追突され、廃棄処分になっちまった。ぼくはクルマをピカピカに磨くコトが嫌いなので、一二年の間一度も自主的には洗わなかった。豪雨のときに用がないのに三〇分ぐらい走ってクルマのシャワーがわりにしていた。ホントですよ。思えば殆《ほとん》どいじめに近い扱いだった。

車検にだしたり、人に貸したりすると頼まないのに洗って持ってきてくれるので一二年の生涯で十回ぐらい洗われたかもしれない。友達に東京で一番汚いベンツと言われた。そう言われると嬉しかった。

今回追突されてクルマの後部がめちゃくちゃになったけれどぼくは生きていたので、これだけいじめてきたのにぼくを救ってくれた信頼感から次もベンツにした。できるだけ沢山走っている中古車を注文したけれどまだ五万キロしか走っていないのがきた。おまけにハイブリッドでピカピカなのだ。

実はそのピカピカがどうも気にいらない。もっといいかげんに使える長靴のような車のほうがいいなあ。やっぱりオフロード車に換えるかなあ、と思っているときに『マンデラの名もなき看守』という映画の試写を見たのだった。

素晴らしい映画だった。アパルトヘイトの時代の南アフリカ。迫害された黒人政治指導者らが収監されている刑務所の島を舞台に、南アフリカ初の黒人大統領になるネルソン・マンデラと白人看守の友情をめぐる話である。感動して最後には涙が溢《あふ》れた。

その映画のなかにオンボロのランドローヴァーが出てくるシーンがある。ボンネットの上に投げやりに交換用のタイヤが乗せてある四輪駆動のやつだ。

ああ、これだ！　と思った。若い頃はもっぱらオフロード車であっちこっちかっこつけて走っていたが、今は釣り竿《ざお》やコンロやテント道具を乗せてのんびりガタゴトいく乗り方がいい。そこでランドローヴァーをもっと調べることにした。それにはまず本だ。

これらの本が沢山あるという丸の内の巨大書店「丸善」に行った。なるほどクルマ関係の本は二箇所にあってものすごく充実した品ぞろえである。夕方の時間だったからだろうが、サラリーマンぽい男たちがその前に山ほどたかっている。男はみんなクルマが好きなんだなあ。

あまりにも種類がありすぎて難航したが、一時間かかってついにそのものズバリのを見つけた。

『ランドローヴァーブック』（大日本絵画）。この出版社の名に見覚えがあった。そうであった。『ラオスからの生還』というめちゃくちゃ面白い本を出した出版社だ。ベトナム戦争のときにラオスで捕虜になったアメリカの兵士がメコン川を下って脱出する話だ。

こんな面白い本を出してくれたのでよく記憶していたのだが、それからはとんとこの不思議な出版社名を見ないのでもうつぶれてしまったのだろう（失礼）と思っていたらこのような立派な本を沢山だしていたのである。

「おお、しばらく！　そうか。キミはこういう分野で活躍していたのか！」

「そうです。よく見つけてくれました。むかしの名前で出ています」

両者喜び、手に手をとりあう（わけないけど）、まあ、ある種感動的な再会であった。

ハナシ少し変わるけれどぼくはあまり買い物をしない。服などはどれも十年ぐらい前のを着ている。以前、パパスとエドウィンのＣＭに出たとき撮影用に着たのをいっぱい貰ったのでそれでもうわが人生だいたい間にあっている、という感じになった。だから、買い物の楽しみを知らない。むしろ苦痛だ。時々必要に迫られて、寒いからコートを、とか冠婚葬祭用のダークスーツとか、すり減ったから靴を、という程度だ。これは体に合わせなければならず、ヒトに頼めない買い物なので自分で行くしかないけれど、きらきらのファッション店に行くのにすごく勇気と決断がいるのだ。

例外が二種類あって、本と古いカメラは大丈夫。これは店に入るのが嬉しい。カメラはスチールだけじゃなくて十六ミリ映画撮影用のカメラにココロが震える。どんどん消えつつあるものだし、今は実用にはならない骨董的《こっとうてき》機材のほうが多いから、めったに買うコトはないが、古い十六ミリ映画機材をやまほど売っている店をいきなり見つけて、喜びの叫び声をあげて入っていく夢を今でもみる。

本も古本屋のほうが好きだ。そうしてこの春はいきなり思考がクルマになってしまったわけだが、クルマも「新」より「古」のほうが好きだから、自分で積極的に買いたいと思うものは本、カメラ、クルマとすべて「古」がいいみたいだ。古びた妻とも別れていないからなあ。

で、ランドローヴァーだが、買ってきた本をその晩じっくり読んで「おお、やっぱりこれはいいなあ」と唸《うな》った。

しかし途中で大変大事なことに気がついた。イギリスの車なので右ハンドルなのだ。ぼくがこれまで長いこと乗っていたクルマはみんな左ハンドルだったので、実は右ハンドルの運転がこわい。とくに都内の狭い道をほかのクルマとすれ違うときなど大変アセル。それはこのあいだの事故のあと先方が出してくれた代車、国産の高級車で嫌というほど恐怖を味わった。慣れというのは恐ろしいものである。ランドローヴァーとの恋は一瞬だけのものになりそうであった。老婆は一日にしてならず。意味がわかりませんね。

改めてよく考えると、むかしから一番あこがれていたのがピックアップトラックだ、ということに気がついた。アメリカ人がすごく好きな、セダン後部のトランク部分が荷台になっているようなやつ。

さっそく情報を得るためにまたもや書店に走った。今度は近所の書店で大丈夫。『4

×4MAG』というそのものズバリの雑誌があっていろんな種類のが出ている。やはりアメリカのクルマが多く、どうもフォードのエクスプローラーと、ダッジ・ラムというのがよさそうだ。

そこでサンフランシスコに住んでいる息子に電話して現地の評価や人気について聞いた。やつはもう十数年アメリカに暮らしているからそのへんの実情はよく知っていた。

彼の結論は力を込めての「ダメ！」であった。問題はガソリン食いまくり、という反時代的なところにあった。ダッジなどは市街地走行で一リットル＝三・八キロなんてアホバカ燃費のデータもある。

「エネルギー危機のおりにもうクルマなんかよしなよ父ちゃん。これからは馬にしたほうがいいよ。時代は一馬力だよ」

などと息子はフザケタことを言っているのであった。うーん、たしかにそうかも知れない。老婆に敗れた爺《じじい》の運命やいかに。

○月○日

○月○日　こういう連載エッセイでタクシーの話が出てくると、書き手にハナシのたねがなくなってきた証拠という。うーん、そのとおりだなあ。でも長年の素朴な疑問は、いきなり野球の話やサッカーの話をしてくるタクシーの運転手で、これはあとを絶たない。野球はそこそこ興味があるけれど、いましがた出会った運転手と、いきなり今年のペナントレースの展開について話しこむ気持ちはない。ましてやサッカーなんてどうでもいい。野球にしても昨日「巨人がまけましたね」とか「ヤクルトがいいですね」などと言われても答えようがないしなあ。あれは運転手がサービスのつもりで言っているのか、自分の退屈しのぎなのかいまだに判断がつかない。ときどきエッセイや連載小説の内容を考えているときなんかは本当に迷惑なのだ。まあ運転手の気分を害したくないから適当にあいづちを打っているとどんどんテキのペースになっていく場合があってこの唐突強引コミュニケーションは辛い。アメリカのタクシーのように運転席と後部客席のあいだをガラスで仕切ってほしくなる。

○月○日　妻がしばらく旅行に出ているので朝飯を自分で作る日々だ。焚き火キャンプをやたらしてきた人生なのでめしを作るのは結構好きなんだ。本日やったのはスープがわりのカレーで、そのもっとも簡単なやつ。

単身赴任などで自分でなにか作りたいおとうさんのために健康的万能野菜カレーの製作方法を教えます。まず、ジャガイモとニンジンをわりあい小さく切ります。量はどーんと多め。タマネギはそれ以上切っておきます。鍋にいれた水にかつおぶしとコンブの粉末だしを入れてグラグラに。そこへ野菜どもを投入。状況によってトマトをどさっと入れてもいいんだ。全体が柔らかくなってきたらカレールウとだし醬油、ちょっとサケかワインをいれてやや煮込んで完成。どっちかというとそば屋のカレーに近い味になる。簡単ですよ。肉類なし。ゴハンにはかけないでスープのようにいただく。沢山作ってあるからウドンを茹でたときはそこにかけると即座にカレーうどんになる。そのときはアブラアゲを焼いて細く切って少し煮込んだほうがよい。何度か煮かえして野菜類の原型がなくなってきたらタマゴを一～二個わりいれてかき回すとまたまた旨《うま》くなるし、すこし肉が恋しくなっていたらコンビーフをいれる。こうなるとだいぶとろっとしてくるのでゴハンにかけてカレーライスにするといいです。ぜひおためしくださいませ。

〇月〇日　この前ここに書いたように中古のピックアップトラックが欲しくなっているので、現物があるという府中《ふちゅう》の中古車展示販売店にクルマを走らせた。晴天花吹雪。東京の西へ高速道路とばすのって気持ちいいね。目指す場所はむかしときおり見て知っていた店だった。かなりオンボロの、期待にかなうアメ車が一台あったけれど、燃費がめちゃくちゃ悪い。こんなのに乗っていたらいまどき犯罪人だ。あまり従業員と深い会話をしないようにしてじわじわ去る。ついでに近くにあるDVDの中古店をのぞいたけど、ああいう店ってなんであんなにけたたましく落ち着きのないBGMを四、六時中流しているのだろう。騒がしくて探す気力がなくなり出てきてしまった。

○月○日　おお、この日記スタイルって話題をつなげる必要がないから便利だなあ。親しい二人の大手の会社社長と三田《みた》にある高級ステーキ屋さんで会食。つまり密室の三人食事。なんか自民党の議員になったような気分だ。もっともこっちは相変わらずジーンズにヨレヨレシャツだから絶対そうは見られない。目の前で最初にクルマ海老を焼いてくれた。エビは頭も足もよーく焼くとおいしく食えるのですなあ。アスパラ、シイタケ、ニンニクなどそれぞれ大変おいしい。やっぱり日頃の新宿の居酒屋とはだいぶ違うぜ。気心知れている相手なので互いに好きなことを言って高そうなワインを三本飲む。すっかり奢《おご》ってもらっちゃったけれど高いんだろうなあ。差し回しのハイヤーで自宅へ。VIP気分だ。

○月○日　先日作ったカレーが無くなったので新宿のいつもの居酒屋で生ビールに蒸し野菜で夕食がわり。最近居酒屋ではかなりおれはベジタリアンになってるなあ。しばらくするといつも飲んでいる友人のバカ親父が数人やってきてみんなで中国の悪口を言う。それからいきなりデタラメの中国語で会話した。デタラメだから喋《しゃべ》っている内容はまったく互いにわからないのだけれどわかっているふりをしてこっちもデタラメの中国語で答えると一人がいきなり立ち上がって中国語で怒りだしたりする。別の客は店の隅にいたけれどきっと頭の弱い中国人の出稼ぎが喧嘩《けんか》していると思ったはずだ。最後に中国なまりの日本語で「あなたよくないよ。わたしたち今日ほんとにおこたよ」と言い合って握手した。それから二時まで麻雀。中国の日だった。

○月○日　浮き球三角ベースの首都圏リーグが本日開幕戦。いつもの江戸川《えどがわ》土手グラウンドに朝九時にいく。一七チーム二五〇人ぐらいが集まって簡単な開会式。いい天気だけれど風が強い。総あたりのリーグ戦は全国六ブロックに分かれて八月まで毎月行われ、今年の優勝決定トーナメント戦は沖縄の那覇《なは》でやることになっている。ぼくは監督なので午後の試合に「代打オレ」と言って出てホームラン一発。かっこよかった（筈だ）。選手に戻りたい。クルマとばして急いで家に帰り、頭洗ってパンツとりかえ昨日の新宿居酒屋へ。太陽の下で運動したあとの生ビールが「ひえええええ！」的にうまい。あまりにもうますぎてこのまま死んでもいいくらいだけれど死んだらもう飲めないからそうもいかない。

○月○日　こういう連載エッセイに庭の柿《かき》の木にカラスが何羽きた、なんていう話を書くようになったらもうおわりらしい。なるほどなあ。ひと月ほど前から妻が二階のベランダにスズメの餌とヒヨドリ用にジュースを入れた皿を置くようになった。すると朝から二十〜三十羽ぐらいのスズメがやってくるしヒヨドリやメジロがジュースをのみにくる。妻の留守中餌の補充はぼくがやらねばならないのだが、彼らの食欲はもの凄く、一日に何度もお代わりの補充をしなければならないけれど、それをかれらが喜んでいるのを見ると柔らかい気持ちになるんだなあ。ときどきスズメの舌がどうなっているのかなあ、スズメに舌なんてあるのかなあ、一度つかまえてむりやり口をあけて確かめてみようかなあ、などと悪いおじいさんの気持ちになっているんだけど。

○月○日　新タマネギが手に入ったので皮をむいて両端にプラスの切り傷をいれて油でさっと上下炒め、鍋に移して僅《わず》かなダシ汁で煮る。ビールをのむ。うまい。

辛党とはいうけれど

俗に辛党、甘党という。前者は一般的に酒飲み、後者は下戸の代名詞にもなっているようだが、じゃあ酒飲みは甘いものを食べないかというとそんなことはなく、甘いのも辛いのも同じくらい両方好きで、その気になればアンコロ餅《もち》を肴《さかな》に酒が飲める人を何人も知っている。まあハタで見ていてあまり気持ちはよくないけれどね。

ビール一本ぐらい飲んで早めにご飯を食べてデザートにアイスクリームをおいしく食べてあとはお茶飲んで我々おとっつあんの話につきあっている、という、考えてみれば非常にスマートなスタイルかもしれない青年も最近増えている。なんかしゃらくさいが。

酒が「辛党」といったってワインや日本酒にはやたら甘いのがあって、これは蜜酒《みっしゅ》ではないのか、と思うようなのがある。

ビールは通常「苦い」が共通認識だけれど、ぼくが体験した世界のいろんなビールには蜜ビールみたいなのがけっこうあった。ミャンマーなどがそうで、四銘柄あるのだけれど全部ねっとり甘い。スカッとさわやかな喉《のど》ごしなどとはほど遠く、ぬめっと喉やら食道にべたつくなんていうどうにも面妖《めんよう》なるビールもあった。しかも冷やすことはしないからまったり常にぬるくて甘い。

むかしのロシアのビールは「うまのしょんべん」よりまずい、と言われた。事実石鹼水《せっけんすい》のような味がしてコップに注ぐと泡というよりドブのアブクのようなものがふたつみっつコップの上に盛り上がった。

だからうましょんビールのときはウオツカを飲むと逆に甘く感じた。三年前にロシアに行ったらさすがに今はちゃんとしたビール味になっていたけれど。

日本酒だって「辛口」といいながらほんとうはかなり甘い。本当に辛い酒はコスタリカで飲んだトウガラシ・ラムで、これはトウガラシの辛さだった。でももっと南米にいくとピンガが主流になって、ラムをベースにライムの搾《しぼ》り汁と砂糖と氷の粉砕したものを激しくかきまぜたものをストローで飲む、うまいけれど甘すぎる。だから「甘い」とか「辛い」とかで「飲めるクチ」「飲めないクチ」と分けるのは無理があるような気がする。

ぼくはビール党で、まずはビールをジョッキでがしがし三〜四杯。それからウイスキーや泡盛《あわもり》などの四十度クラスに切り換えてこれを一気にガッとやるのがすきだ。こういう飲み方では、肴はやはり甘いのはこまる。辛いというよりしょっぱいのがいいわけで、これは酒飲み共通の好みだろう。

こだわるけれど、だからといって辛党というのではなく、むしろウイスキーは甘い香りのする安物のバーボンか、香りにクセのあるシングルモルトのボウモアが好きだ。どっちもガブッとやる。だから「ガブリ党」といったほうが正確なんじゃないかと最近思っている。ぼくのまわりを見ていると、ぼくを筆頭としてあまり賢くない人にこの「ガブリ党」が多いようだ。

同じ酒飲みでも辛かろうが甘かろうが「チビチビ党」というのがいて、ビールでも酒でもワインでもウイスキーでもみんなチビチビやって飲んでいる時間が長い。さらにこの一派はたいてい話好き。物知りであることがステータスと思っているようなところがあって議論好きというよりか「こだわりの説教派」みたいなのが多く、こういうのとガブリ党が同じ座にいるとたいてい喧嘩になる。

ぼくは沢山の飲み友達がいるのだが、なかには厳然とした「おんな党」というのがいて、二十人ぐらいいるふだんのぼくの酒飲み一派は親父ばかりなのだが、ときおり誰かの知り合いの女が「あらあ」などと紛れ込んでくることがある。おれたちはホモじゃないからいい女だったらまぜてやるのだが、女の質にもよる。今までの話の流れがあるからなるべく無視するようにしているが、こういう女がいきなり混じるといつの間にかその隣に行ってじっくり話しこんだりしているやつが必ずいて、それはそれでそいつにまかせられて便利なのだ。こういうのは別の種類の「甘党」というのだろうか。

ラオスで大瓶《おおがめ》に入ったビールをひしゃくで飲んだことがある。ビールのドブロクのようなもので、全体が濁っていて強いんだか弱いんだかわからない。ひとつのひしゃくを回り持ちで飲むからあまりさわやかではないけれど何か秘密酒めいてうまかった。

こういう酒でいいのは、静かに飲んでいることで、なにか〝飲むアヘン〟のような魅力がある。

おれが一番きらいなのは親父の「がなり酒」で、日本の親父はたいてい飲むと全員声が大きくなって、それが各テーブル全体になるから店そのものが騒然としてくる。なかには「絶叫」したりするのもいる。

ＩＴ産業でいきなり金持ちになったようなガキ経営者がそのグループで新橋だの赤坂だの料亭にいって芸者をあげての大尽《だいじん》遊びをするらしい。でもついこのあいだまでコンピューターオタクみたいな連中ばかりだからこういう粋筋での本当の旦那衆の遊びを知らないから結局「イッキ飲み」になっちゃって本物の芸者に陰で笑われているという。

おれがよくわからないのはこういうにわか長者が、銀座のクラブなどですぐにドンペリを何本もあける、とかいう話で、おれはまだドンペリって飲んだことがないからたいしたことは言えないが、一瓶何十万円もするからといって本当にそんなにうまいのだろうか。

ボージョレーヌーボーに狂奔《きょうほん》している国だからたいしたことはないような気がする。

フランスで一番おいしいワインは田舎のヨロズヤみたいな店の棚で埃をかぶっていたようなラベルもないワインだったりするし、本当のスコッチの国、スコットランドなどにいくと水割りの水はウイスキーを割るのではなく、ウイスキーの香りをひきたてるためにバッタの小便ぐらいの水しかいれない。日本の一流ホテルのパーティで、グラスならべて水差しでジャカジャカ植木の水やりのように水をさしているのは「水割り」ではなく単なる「水薄め」なのだ。

ドイツのミュンヘンのオクトーバーフェストで感動するのは、一人一〇リットルぐらい飲んでそれを延々と続け、全身の水分をビールと入れ換えるつもりになっていることだ。ビールの川に口をあけて横たわっているようなものだ。

インドネシアで飲んだユカ芋の「口嚙み酒」は完全に甘口だった。女が口にいれて嚙み続け、大量の唾にまぜて発酵させたもので、これは最初はあるていどの覚悟がいるが、酔ってくるとしょせん口から口に移行してくる同じモノという気分になる。こういう酒の愛好家はヘンなご託をならべないからかっこいい。

ボウフラニッポン

オーストリアの貴族の出で、いまはオーストラリアに住んでいる知り合いの女性と久しぶりに会っていろんな話をした。ヨーロッパとアジアとオセアニアをよく知っているので、いわゆる異文化ギャップみたいなものをよくこの人に教えてもらう。三年ぶりに日本に来て感じたのはいろいろな部分で「日本がまた子供じみてきた」という痛い意見だった。ある程度日本語がわかるので、ホテルでテレビなど見ていると、日本の番組がいちばん幼稚、と言っていた。まあそうだろうなあ。

アメリカのテレビをずっと見ていることがあるが、この手のメディアでかなりオバカなアメリカですら日本のように朝から真夜中までテレビタレントが笑っている局はない。日本のテレビは異常にハッピーで、それが行き過ぎていて何か本質的に嘘くさい、ということが子供たちにさえバレてきている。

それからニュースも世界の主要な出来事をまんべんなく報じているわけではない、ということも外国人などはだいぶ以前から指摘している。

この国のどこかのメカニズムが何らかの意図でそのような操作のなかにいるのか、あるいは単純に日本のジャーナリズムが国際社会の中では飛び抜けて間抜けにローカルなのか、ぼくにはよくわからないけれど、今度のチベット問題などでわりあい見えてきたのは、いわゆる「情報操作」のようなものが日本的にそれなりに行われているのだな、ということだった。

チベットの騒動は政府がそうだからなのだろうけれど、ジャーナリズムまで中国に気を使った腰抜けのものに終始しているが、今はインターネットなどがかなり本物の映像や情報を伝えているから、日本のジャーナリズムの骨抜きぶりがより鮮明になっている。けれどそれらは中国本土では規制されているから、中国の国民はいまだ本当の情報を得ることができないようだ。天安門《てんあんもん》事件のときと同じように新聞もテレビも、中国の報道はいまだに徹底的にコントロールされているのだ。こういう現実を知ると、国家の成熟度とか、いま流行りの「品格」などというのをそこに感じてしまう。

アメリカの九・一一同時多発テロの二週間あとにミャンマーに行ったことがあるのだが、そのとき驚いたのはミャンマーの国民の殆どはあの事件のことを知らない、ということだった。

ご存じのようにミャンマーはガチガチの軍事国家だ。情報操作は徹底していて、ミャンマーの一般的な人々は政府の選別したニュースしか知ることができない。今はインターネットがあるじゃないか、という人がいるだろうが、世界最貧国のこの国はテレビさえなかなか家庭でもてない状態なのだ。

そういう状況を見て、日本は世界の情報が広くはいるからよかった、と思ったが、実際にはそういうわけではなく、かなりセレクトされているようだ。それが、取材力という点で及ばないからなのか、あえてなんらかの理由で操作されているのか、そのへんがいまだにわからない。

もともと日本の全マスコミが世界でおきていることをまんべんなく伝達しているか、といったらとんでもない話で、世界でおきている大きな出来事の何割か、という程度しか報じていないのが現実のようだ。ある知り合いのマスコミに詳しい識者が同じような疑問をもっていることを知った。たとえばそれは「日本のマスコミは世界のローカル新聞レベルだ」というたとえだった。

それはぼくもいろんな外国を旅していてときおり感じることだった。ある中南米の国で、国中が騒然とするような事件がおきていてそれを連日トップで報じるテレビや新聞をまのあたりにした。日本に帰ってきてその出来事を詳しく知ろうと思ったら、なんと日本のどの新聞にもその事件のことが一行すら出ていなかった。

そういう感覚は、たとえばどこかの国で旅客機が墜落して大惨事になろうとも、日本人がそれに乗っていないと殆どベタ記事程度ということがよくあることでもわかる。「邦人」が乗っていなければ、大勢の人が死んでも「関係ない」という国際ニュース感覚っていったいなんなのだろう、と思うことがある。

ここで具体的に出す地方都市の名にこれといった意味はないが、まあ例えば島根県あたりにいってローカル新聞を見ていると、島根県の人は島根県のローカル新聞だけ読んでいたのでは、日本全体でおきているいくつかの深刻な事件や、大きな都市的政治動向を正確に知ることはできず、それらの動向やそれが内包する意味の軽重のバランスがうまく摑めない、ということと似ているような気がする。

テレビもローカルのニュースなどはNHKラジオの「ひるのいこい」のようなぬるい感覚のものが多く、例えばどこそこの中学の修学旅行のみなさんが無事に帰りました、などというのが夕方のニュースで報じられたりしている。それはそれで微笑《ほほえ》ましいことではあるけれど、都市で生活している人と地方で生活している人の生活感覚は同じ日本人でもだいぶちがっているような気がする。

つまり日本の新聞やテレビはもしかすると世界の島根県であるかもしれないのだ。

東京のローカル新聞『東京新聞』を愛読しているが、月に一回程度、作家の髙村《たかむら》薫《かおる》さんの「社会時評」が掲載される。いつも鋭い意見なので熟読するのだが、二〇〇八年四月一四日の「むなしきガソリン騒動」と題する論評に深く考えさせられた。

「戦略もなく、理念もなく、ただ与野党の政局がらみの駆け引きの末に、気がつけばガソリン価格が一時的に安くなっていた」

という書き出しである。結果的に二五円安くなったことで新聞やテレビが大騒ぎしていた。「けれども、国内のガソリン価格が一リットルあたり二五円安くなったからといってだからどうだというのだ」と髙村さんは書いている。「それがまた仮にもとに戻ったとしてもだからどうだというのだ」と続く。いま世界でおきているもっとも重要な問題は、せまりくるエネルギー需給の逼迫《ひっぱく》や、それにからむ二酸化炭素の削減への国家的取り組みである。この問題によって産業、経済の構造的な大転換がおきつつあり、国際社会の枠組みが根本的に変わってしまう危機的状況にある。

けれど日本はそんなこととは一切関係なく、おそろしくアナクロでローカルな「暫定税率の存廃」などというものでただもうみんなでワアワアやっている。ドラムカンの中のボウフラがこの国の国民なのかもしれない。外からガツンと棒で叩かれたらもっと右往左往の大騒動となるだろう。

いらっしゃいませこんばんわぁ

ニューヨークで暮らしている娘が二、三年おきに日本に帰ってくる。たいてい一、二週間で慌ただしく帰っていくが、もう一五年以上アメリカに住んでいるので、日本の感覚とだいぶズレているところがあってときどき面白い。

いいなあ、と思ったのはタクシーに乗るときにかならず挨拶をすることだ。もうそうすることが身についてしまっているようだった。そういえばアメリカのタクシーの運転手は偏屈なのを除いてたいがい挨拶する。だから客もごく当たり前に「こんにちはー」なんていって乗る。

彼女が日本でそれをやるとタクシーの運転手がハッキリ感じがよくなるのがわかる。ブスッと無言で乗ってきて行き先だけ告げてそっくりかえることの多い日本のエラソー親父を乗せるよりは運転手も気持ちがいいのだろう。

アメリカ人のいいところは会話に常に「笑顔」がついてくるところだ。ほんのちょっと道を聞くのでも聞かれるのでも笑顔がまじる。ウェイトレスなんかもちゃんとしたところではかならず笑顔がある。ぼくの息子はサンフランシスコに一五年ほど住んでいて、ぼくはそっちのほうによく行くが、ここでも店やレストランにたいてい笑顔がある。息子がなにかクレームをつけるのでも笑顔でやっているのを見て成長したもんだなあ、と思ったが注意して見ていると道路でクルマの譲り合いにも笑顔がある。どうもそういう教育をされているようだ。できるだけ相手にストレスをあたえないように、おかえしにこっちもストレスにさらされないように、という人間づきあいの大人のルールが自然にできている感じだ。

こういう風景にいて、日本に帰ってくると、ときおり「あんたはそんなにこの仕事が嫌ならさっさとやめちまったらどうなんだ」と思うくらい仏頂面の、顔を見ているだけで不愉快になるような若いウェイトレスなどがけっこういるのに気がつく。

ぼくがよく行く三〇年来の新宿の居酒屋でも飲み物や食べ物を運んでくるアルバイトの娘はたいていてい無表情だ。そういうときに作り笑いでもいいからほんのちょっとした笑顔があれば、この娘も美人に見えるのになあ、と思うことがよくある。

エチケットの基本ルールとして、反射的に笑顔まじりの会話をしている、というようなところが西欧文化にはあり、それにたいしてアジアは無表情が基本という文化圏で、その差があるのだろうか。

いや実際にアジアでも国によって本当に気持ちよく微笑んで対応してくれる国々がけっこうある。タイ、ラオス、カンボジア、ベトナム、ミャンマー、インドネシアなどで実際に数多く体験した。「微笑みのタイ」とよく言われるが、この言葉がそれを代表しているのだろう。

欧米の人々、とりわけアメリカ人が抱く魅惑の「エイジア幻想」のようなものがあって、そこには対象エリアとして日本も入っているが、いまあげた国々とくらべると日本には「魅惑の幻想」にいたるまでの笑顔は今はない、と思う。

オリンピックが近い中国はこれから先いったいどうなるだろうか、という心配がある。中国も日本と同じように本質的には仏頂面の国で、デパートなどは役所がサービス業をやるときっとこうなるのだろうな、という典型だったりする。

中国のデパート「百貨商場」の買い物の仕組みはちょっと変わっていて、売り場だけでは売買が完了しない。ほしい品物があると、売り場でそれの品名と値段のメモをもらう。別のところにある料金払い所のようなところでカネを払うと、その金額をたしかに受け取ったということを記入した二枚綴《つづ》りの複写用紙をもらう。それをさっきの売り場に持っていって「ちゃんとカネ払ったかんな」ということを証明、伝票の一枚は先方に、もう一枚はこっちに、という仕組みである。目的は売り場段階での不正売買を防ぐためという。電球ひとつでもこの騒ぎだから買うほうは何か買い忘れたのを思いだしても面倒だから（支払い所は常に行列）やめてしまうことが多いし、売り手側も、どの段階で「売った」という実感をもっていいのかわからないから、店の誰もありがたいという気持ちはなく、全員きっぱり無表情だ。しかも中国の商店は一般的に買うほうも売るほうもカネをなげる。「ほらよっ、払ったぞひろっとけ」「ほら釣りだもってけ」なんていうかんじだ。これでは「ありがとう」を言うタイミングがどこにもない。「ありがとう、ほら、つり銭とっとけ」チャリン、なんていうことになるからなあ。

中国も最近は急速にスーパーマーケットなどができてきてレジで一括、という買い方も知ってきているから「百貨商場」のこの非効率な売買システムはしだいに変わっていくだろうと思うけれど。

モンゴルのウランバートルにはじめてスーパーができたときは大変だった。そこは基本的に「監視」がテーマだった。入り口とレジは同じ所に一個所で、その前にコインロッカーが並んでいる。そのロッカーのカギ束を持ったガードマンがたくさんいて、客の荷物を全部預かるようになっている。女性のハンドバッグもぼくの持っていたカメラもだめ。ロッカーマン(?)がロッカーの番号の札をくれてやっと店内に入ることができる。セルフサービスだから、というので万引きを警戒してのロッカー作戦なのだった。けれどセルフサービスといいながら店の中には販売員がたくさんいて、何をしているかというとここでも万引きの警戒なのだった。今度は服のポケットが心配されているらしいとわかった。モンゴル人はそんなにいじましく疑り深いのかと意外に思ったら、そのウランバートル初のスーパーは韓国資本であり、韓国人のモンゴル人観がそういうコトであったらしい。

この当時（二〇〇四年）はモンゴルはいろんなところでサービスの仕組みがかわっていくときで、初めて自動販売機なども街角におめみえした。不思議だったのは自動販売機の隣にかならず「係員」が立っていることだった。ロシア製の自動販売機はすぐ故障するのでその対応だという。モンゴル人はお金をいれて何も出ないとたちまち怒り、自動販売機を叩いたり倒したりして壊すからだという。

日本の監視カメラのたくさんついたスーパーには売り場での人間的な会話はすでになく、コンビニでは一二〇円の東スポを買っても若い娘が「いらっしゃいませこんばんわぁ」などと手を前にくんで深々とおじぎをし「ありがとうございました」とまで言ってくれたりする。でも彼女らは普段絶対使わない口先だけのマニュアル言葉を繰り返しているだけなので自動販売機より壊れやすい（キレやすい）という説もある。

沖縄ラジオ日記

昨年から沖縄のＦＭ放送で毎週三〇分の番組をやっている。ぼくはむかしＦＭ東京（今の TOKYO FM）で月曜から金曜までの毎日夜一一時から一五分間の帯番組を四年間やっていたことがあるのでなんとなくラジオのカンはある。台本がなく、ディレクターからの語りの制約もなく、かなり勝手にそのとき思うことをボソボソ話していればよかったのでけっこう面白かった。

今回もエリアは沖縄に限られているから東京の知り合いには聞かれる心配はないし、台本もないから、思ってもいないことを言わされる苦痛はないし、そもそも沖縄は好きなところなので気楽に引き受け、やってみたら結構楽しいのだった。

今回のシリーズは一人で話すのではなく、地元のプロの琉球《りゆうきゆう》美人アナウンサーとの対話スタイルなのでさらに気楽だ。大体スタジオで一～二カ月分をフリーテーマでなにか話して収録し、そのあと街に出てさっきの話題に関連するような場所に行っていろんな人の話を聞く。

だからこの一年ほどでかなりあっちこっちにでかけて沖縄に詳しくなった。こちらの人々はみんな「こころね」がやさしく、人情があって恥ずかしがり屋で真面目《まじめ》でひかえめなので、初対面の人に会ってもあまりストレスを感じない。

ひとつだけストレスなのは、行き帰りの飛行機だ。満席のことが多く、年配のヒトも若者たちもレジャーで行くのが殆どだから、羽田空港の段階でみんな浮かれている。おばさんのグループはたいてい色とりどりの帽子をかぶって元気がよく、おっさんたちはゴルフにいくのが多いようで、お揃いのようにしてたいていでっぱったお腹に白いベルトをしてダミ声ではしゃいでいる。

若者カップルは流行りのローライズのジーンズから二人して尻《しり》をみせて早くもぐねぐねとからみつくようにしている。日本の男女の若者の状態というのは本当に何ひとつ爽《さわ》やかなものがないのに驚く。外国の空港にもよくいくが、空港のこの若者たちの汚らしい軟体動物状態は日本独特のような気がする。こういう中でじっと待合室で待っている時間がどうも苦手だ。

飛行機に乗ると行きは朝早いからたいてい眠っていく。寝てしまえばストレスはないけれど、今回は後ろの席にオカマのカップル（?）がいてこの二人がずっとおねえコトバで喋っているので半分ぐらいしか寝られなかった。あの人たちに特有の不思議なところから出てくる声と喋り方というのはいったん気になってしまうとズーッと耳に飛び込んでくるので前の席にいる者にはたまりません。

那覇の空港でたいてい見るのは高校生の修学旅行のでっかい一群だ。生徒はみんな通路のフロアいっぱいに座ってしまっていて降りる客が渋滞している。誰も文句をいわないで、しかし怒った顔をして通過している。こういうのが往復のストレスなのだ。那覇の空港からタクシーでスタジオへ。たいていスタッフの誰かがチマキとかジューシーのおにぎりなんかを買ってきてくれている。スタッフは四、五人で、東京みたいに気取っているコトはまずなくみんなありのまんまで気持ちのいい人々だ。

午後から街に出ていく。その番組のタイトルは「道じゅねー」というのだけれど、これは沖縄の言葉であちこち歩き回る、という意味らしい。だからあちこち歩き回るのだ。もちろんディレクターが最初に目的の場所を決めて約束をとっておいてくれるのだけれど、沖縄だからいろいろ珍しい人やおかしな場所と出会って、いつもかなり刺激的だ。

人気の豆腐屋にいくと沖縄の海水を「にがり」にするタテヨコ一二、三センチのでっかくて固くてしっかりしている豆腐や「ゆし豆腐」などを買ってそれを食う。ゆし豆腐は豆腐として固める前のあたたかくてやわらかい状態のもので、うっすら塩味がついているので茶碗にいれてそのまま食べてもいいし、ちょっと醤油をたらしてもうまく、あまりにうまいのでこのまま沖縄に居住したくなる。

ある漁港の魚市場の中にある食堂にいくと「まぐろ丼」がある。沖縄では本まぐろも冷凍ではなく生なので黙って座れば文句なくうまいのが出てくる。客は地元の「わかっているヒト」たちだけの店だ。そういうディープゾーンを次から次へ。

壺屋《つぼや》という窯《かま》がたくさん並んでいる通りでは自分でロクロをまわして皿などこしらえて焼いてもらえる。サトウキビ畑ではそこらに生えているのをかじらせてくれる。あれは思っていた以上に甘くておいしいのを知った。むかし沖縄の子供は学校帰りにサトウキビをかっぱらってかじるのが楽しみだったそうだ。見つかって追いかけられるのも。

このゴールデンウイークは国際通りのそばにある宮古島《みやこじま》の塩ソフトアイスクリームというのを取材した。もともと塩味なのだが、ここにコショウやトウガラシをふりかけて食べるともっとうまくなる。本当なんだ。ときどきむせたりするけれど。きわものではなくて、ここは日本中の塩を集めた専門店で、塩好きのヒトにはたまらない。

琉球大学の男子寮にも行った。旧制中学の男子寮にあこがれて、その時代の本をずいぶん読んだが、そこにはかつてよき時代の片鱗《へんりん》を思わせる風景がいろいろあって面白かった。琉大の校内は大学としては日本で三番目ぐらいに広いらしく、当然クルマでないと移動できない。

あっちこっちに「ハブ注意」の看板などがあっていかにもだ。寮は四畳半ぐらいの洋室で、ベッドとテーブルがもともとついているが、あとは住む人間によっていろんなものが持ち込まれる。汚いのは予想したとおり。それでも最近少しきれいにしたそうだ。

全体に、いしいひさいちのマンガ『バイトくん』の世界を期待していたのだが、もうすこし近代化していた。でもある学生の部屋には水槽やプラスチックの入れ物がいっぱいあって、なにやら怪しく身をくねらせる巨大なドジョウみたいのやカメやサソリ、蛇などを飼っている。ヘビは一度逃亡して騒動になったらしい。集まってきた学生に「君たちは自分では気がついていないだろうけれど、いま、いわゆるひとつの、人生の黄金時代にいるのかもしれないよ」などと人生の先輩ふうなコトをほざいてきた。

帰りはスタッフのみんなと沖縄地ビールのビアホールでおつかれさまの乾杯。夕方のビアホールはがらがらだ。沖縄の人々はだいたいは夜九時すぎからのみだすので、これはどの居酒屋でも共通の現象だと最近わかってきた。二〇時発の飛行機でまたしばしねむって帰った。

風景の賞味期限

「観光」ってなんなんだ。『広辞苑《こうじえん》』には「他の土地を視察すること。また、その風光などを見物すること」とある。それじゃ「風光」とはなんだ。『広辞苑』は「景色。ながめ。風景」と説明している。まあそうだろうなあ。

しかし〝視察〟というコトバが気になる。そうだったのか。あれは視察だったのだ。なんか業務命令っぽいではないか。

「向井君、ちょっと最近の伊豆の温泉地帯の状況を取材してきなさい」と言われても向井君はふにゃけて笑ってはいけない。現地に行くと温泉があるから当然浴衣を着てタオルもって温泉に行く。向井君は、温泉につかっても「うー」などと喜びの声など漏らしてはならない。「ゴクラクゴクラク」などと言ってもいけない。まわりには視察に来たひとがいっぱいいて向井君も視察されているからだ。――まあそんなことはないわけだけれど、視察などと言われるとどうもそういうイメージがあるじゃないか。

春風社という出版社の広告をぼんやり見ていたら『観光地の賞味期限』(古池嘉和著)と『「観光のまなざし」の転回――越境する観光学』(遠藤英樹・堀野正人編著)という二冊のタイトルが目にとびこんできたのでミズテンで注文してしまった。「賞味期限」

というコトバがいいではないか。

すぐに読んだが書いてある文章が難しくて一、二度読んだくらいではわが空気頭には何が書いてあるのかまるでわからないのよ。

「つまり、観光地化が近代化のプロセスのなかで生まれる以上、近代化それ自体を否定するのではなく、主体的、あるいは政策的に、どのように制御し、地域の文化と経済の視点で融合可能なものとなるのかを問いかけてみることが必要なのだ」（前書）

「このように見てくると、観光の〝まなざし〟が観光の対象に向けられることにより、〝見る／見られる〟関係性のなかで、まなざさられた対象は動態的に再構築されていくことがわかる」（後書）

なんて書いてある。

動態的に再構築されていくことが「わかる」といっているのだが悲しいことにぼくには全然「わからない」。

なんでこんなに難しい文章なのだろうかと思ったら、書いている著者は全員大学の先生なのであった。だからめあての「賞味期限」のことについてもよくわからなかった。

それはつまりこういうコトかな、と自分なりに考えた。以前、青森の「恐山《おそれざん》」に行ったとき期待していたのとずいぶんイメージが違うのに驚いたことがある。まずスケールが予想したのと違ってえらく小さいし、まったくどこもなにも怖くない。むしろいろいろな仕組みがチャチすぎて「恐山」といっても全然恐れられることができられないのだった。あれ？　大学の先生の本を読んでいたらこっちのコトバもおかしくなってしまった。

いまは恐山の門の前まで舗装道路が行っているから猥雑《わいざつ》な街の真ん中からクルマで簡単に山を越えて到着してしまう。むかしは巡礼などが恐山をかこむ山々のあいだの道を長い時間をかけて歩いてきたはずである。途中の山道の峠あたりで谷の下に見える恐山はそこをめざす当時の人々にとって「恐れや畏《おそ》れ」の度合いがまるっきり違う特別な場所であったはずだ。ぼくはそのときまさしく観光地の「賞味期限」というようなものを実感したのだった。恐山は江戸時代のテーマパークではないのか、と。

地方のあっちこっちを旅していると町おこしとか島おこしなどで、よそもの（＝都会のプランナー）などがそれを組み立てていることが多い。優秀な人がやっているのならいいが、そこらの企画会社の適当なプランナーなどが手がけると、例えば島おこしなどですぐに出てくるのは「愛ランド」である。島の人は喜ぶのか悲しむのか。観光客の多くは感覚的に洗練された都会からやってくる。都会の人があちこちで頻繁に見る「愛ランド」とか「ふれ愛ランド」などという陳腐な言葉は、もうその段階で「廃棄期限」に至っているような気がする。

そういうような視点でみると、バブル期のリゾート法施行のもと、二〇〇〇億円で強引に造った九州の地の果てのシーガイアなどは、時代を読む視点からいって、造った段階ですでに「賞味期限」が切れていたとみたほうがいいのではあるまいか。投資した器の巨大さと、波のプールなどでかすぎるシステムは最初から「どげんかすることもできない」状態からスタートしていたのである。

そういう意味では同じくリゾート法の庇護《ひご》のもとに造った「スペイン村」などといった現代のテーマパークもわりあいもろい「耐用年数」が宿命であったような気がする。日本のあちこちに点在する似たような外国文化やその建造物のイミテーションによるナントカ村というやつもそのチープさにおいて「賞味期限」はみんな早かったのではあるまいか。

日本のあちこちを旅していて、観光地というのがおしなべて魅力的でないのは、つくりかたが画一的で幼稚な部分がよく目につくからのような気がする。温泉があるところはすぐに観光地になるが、宿の中身やサービスはどこもほぼ同じだし、みんな一〜二泊のかけあし旅で、その温泉地のある周辺の自然を散策する時間もなく、温泉と宴会とカラオケ二次会で通りすぎていってしまうあわただしい人々の群れでしかなかったりする。

二冊の本がしきりに「観光のまなざし」を語るのは、ジョン・アーリという人が『観光のまなざし』という本を書いていて、観光学ではどうやらこれがバイブルのようになっているらしい、ということがわかった。二冊の本にはそのことの解読があちこちにあるようだが、さらに難しくなるのでこれ以上の深入りは禁物。そしてこの本で感じたのは観光地の考察は理屈ではないのではないか、ということだった。

さっきの大学の先生的に書けば、それこそ「観光客のまなざし」を意識して構築された観光の対象物は、構築された瞬間から劣化と陳腐化がはじまり、それこそコンビニの弁当なみにずんずん「賞味期限」が落ちていく。

それにたいして緑の山々や、変わらぬ清流の川や、工事その他によって変形改造されていない海などには「賞味期限」はない。

宮崎のシーガイアが犯した罪と間違いは、リゾート法という世にもアナクロでグロテスクな新法律のもとに、国有林であるきれいな海岸の十万本の松を切り、風景を切り裂く高層のホテルビルを造り、世界一という規模の、波のくるプールを、本物の波の押し寄せてくる海の前に造ったという、二重三重に驕《おご》りのまじった認識不足が大きかったように思う。そこにはいかにして儲《もう》けるか、という「経営のまなざし」しかなかったのだろう。

単行本　ナマコのあとがき

『サンデー毎日』から エッセイの連載依頼があったとき、光栄に思ったが、数日考えた。すでにほかの週刊誌に連載エッセイを書いていて、それは一六年ほどになっているが、はたしてもう一誌の週刊誌連載は可能だろうか、という単純な問題だった。友人の目黒(文芸評論家＝北上次郎)に相談した。ながいこと『本の雑誌』を作ってきた相棒だ。「書き続けられる自信があったら作家として引き受けるべきだ」というのが彼の答えだった。ほかに月刊や隔月、季刊の文芸誌、男性誌、趣味誌、専門誌、新聞などの連載があって、それらを並べると月に最低二〇本、多いときで二四本の締め切りがある。

しかし、ペンを持ったプロとしてやってみっか。と、思った。

その場合、ふたつの週刊誌に書いている内容のジャンルを微妙に分けていくしかない。先に書いている『週刊文春』(「風まかせ赤マント」)はどちらかというと身辺雑記を中心に自由気儘《きまま》な発想でやってきた。そこで、こっち(『サンデー毎日』)のほうは、ある程度企画ものを柱にしよう、と思った。しかし基礎知識がないので政治、経済、社会、理科、算数は扱わないことにした。「あいすいません、仕入れていないのでほかの店に行ってください」。さらにあまり世間のニュースやゴシップ的なものには関心がないので事件、宗教、芸能、思想、教育、年金、グルメ、テニス、サッカー、ゴルフ、メタボ関係も扱い品目から外した。ほかに何が残るのかわからなくなったが、読書、体育、料理、洗濯、妄想、たわごと、いちゃもん、いいがかり、自己満足などはけっこうやっていけそうだった。それで世の中のなんの役にたつのかわからないけれど、まあ「いけるところまでいってみっか」というまことに無責任なタイドでスタートしたら、こうしていつのまにか一冊の本になってしまったのだから世の中はわからない。

『週刊文春』の挿絵は高校のときからの友達の沢野《さわの》ひとしだ。こいつはバカなので殆《ほとん》ど本文を読まないか、読んでも何が書いてあるか理解できないので、いつも本文と関係ないいいかげんな絵をつけているけれど、今度のイラストの相棒、山﨑杉夫さんはちゃんと本文を読んでくれて理解してさらにその絵でなんとか本文を読者に読んで貰えるようにひきたててくれているので、これほどありがたいことはなかった。

今回は面倒くさいので本の題名は連載エッセイと同じ「ナマコのからえばり」というのにしちゃったけれど、連載はまだ続いているので驚いたことにこのままいくと続編が出るかもしれないから、それは別のタイトルにしなければならない。えらいことになったが、書き続けられてきてよかった。

二〇〇八年　梅雨のさなかのカビナマコ

椎名　誠

文庫版のためのあとがき

二十年ほど前から『週刊文春』に毎週連載の二ページエッセイ「風まかせ赤マント」を書いている。作家だからほかにも月刊の小説などいろいろ書いているが、それらは最終的に、それぞれ一冊の単行本にするのが目的だから、小説ならたいてい一年で連載は終わる。そういうのがいろいろ組合わさって、日々のモノカキのローテーションができていく。

週刊誌のエッセイもたいてい一年で一冊にまとまるので、その『週刊文春』の「赤マント」シリーズは今年で二十一冊目の新刊がでた。コツコツと家内制手工業のようなあんばいで、二十年以上週刊誌のエッセイを書いてきたのである。

二十年以上前にその週刊誌の連載を乞われて、やるかやらないか迷った。自信がなかったのである。そのとき、今回この本の「解説」を書いてもらっている東海林さだおさんに相談した。

「こういうオレみたいな奴にできるでしょうか?」東海林さんは日刊、週刊といくつもの連載を長年書いている。

東海林さんは言った。

「毎回面白いものを書こうと考えないことだね。野球と同じでホームランを打つこともあるし三振もある。相手の乱れに乗じて四球で塁にでるテもある。タイムリーヒットをときどき飛ばして、シリーズ全体で三割をめざす、というぐらいでやればいいんだよ」

おお。実戦者だけにやはり重みのあるオコトバ。ぼくはそれを忘れないようにして「赤マント」を引き受け以来書き続けてきた。締め切りまで一週間あれば、なにか面白いネタを発掘することができる。あるいは企画モノ（怖い本特集とか怒りのラーメン屋特集とか）の準備、調査、取材等の肩ならしの時間がある。

三割、三割……を呪文のようにしてやってきた。

四年ほど前に、ここにもうひとつ『サンデー毎日』から新たな連載エッセイをやらないか、と声をかけられた。一週間に二誌も、所詮は身辺雑記のエッセイを書けるだろうか、と不安になった。そこで、単行本のあとがきでも触れたのだが、今度は親友の文芸評論家、北上次郎に相談した。彼はぼくのヤバイところ、ダメなところをよく知っている。

「モノカキにそういうオファーがあるのは、書ける、と見込まれたからだろうし、過去にはそういうコトをこなした作家はそれほど沢山はいないが、何人かはちゃんといるので、書けるうちは書いたらいい」と具体的にその作家の名をあげて北上次郎はぼくに言った。それから途中で挫折するのは「かっこ悪い」とも付け加えた。

そこでとりあえず一年を目標にやってみよう、と思った。新たにもう一誌、同じ週刊のローテーションで書かねばならない「連載エッセイ」が加わってきたのだ。いままで締め切り日に原稿を書いてあとは「なか六日」で肩を作って翌週投げればいいところが、いきなり「中三日」で登板するようなローテーションとなったのである。さらに打撃のほうも手をぬけない。やはりこっちも三割は目指したい。こうしてぼくは「マント」と「ナマコ」という、ふたつの週刊誌エッセイの気の抜けないかけもち連載がはじまった。

新しくはじまったほうを夢中でこなしているうちに一年はすぎ、二年目になり、いまはなんと四年目だ。そうしてその一冊目の文庫が早くも出るようになった。それが「コレ」なのである。

苦節四年。いまのところ「ナマコ」は何割打っているのか。あるいは「赤マント」と「ナマコ」とどっちが成績がいいのか、書いている当人にはわからない。いまのところ二誌のどちらからも「戦力外追放」の内示は受けていないから、なんとか地を這うように（ナマコは海底だが）生き続けているわけである。ああ、いかった（良かった＝ということね）。

二〇一〇年　猛暑の中の煮えナマコ　椎名　誠

解説——快男児　椎名誠

東海林さだお

椎名誠は快男児である。
快男児中の快男児である。
快男児は快男子とも書くらしい。
昨今は快男児などと書いても何のことかわからない人も多いと思う。
男子ということはもしかしたら草食男子、とか弁当男子とか、そういうたぐいの男子？　などと誤解する人がいると困るので、一応説明しておくと、
快男児〔気性のさっぱりした快活な男。好漢。快男子〕
と、あるのが広辞苑で、
快男子〔思ったことを遠慮無く言ったりやってのけたりする、さっぱりした気性の男。快男児〕
と、いうことになる。
最近はこういう快男児を見かけることはきわめて少なくなった。

昔は快男児はいっぱいいた。

ひところは日本国中快男児だらけで、そのへんをちょっと歩いただけでやたらに快男児にぶつかったものだった。

快男児は草食男子の対極に位置する男子である。

誰もが感じているように、快男児はどんどん減ってきていて、近々、絶滅危惧種に指定されるらしい。

厚生労働省の最近の調べでは、快男児は現在全国で二十一名が確認されている、という報告があったとかなかったとか噂されているようだ。

椎名誠は先ほども書いたように、快男児中の快男児であるから、もし全国選抜快男児大会が開催されるならば、全国選抜快男児大会（おじさんの部）でまちがいなく優勝するとぼくは信じている。

快男児は辞書でも強調しているように、快活、さっぱりがキーワードである。

そこに更につけ加えるならば、男の中の男、偉丈夫、アニキということになるだろうか。

いずれにしても反ナヨナヨ、反ウジウジ、反クネクネ路線であることはまちがいない。

こういう快男児がエッセイを書くとどういうことになるか。

この『ナマコのからえばり』は、そういう快男児が、「読書、体育、料理、洗濯」などについて言及したものである。

さらに、「妄想、たわごと、いいがかり、自己満足」などという、エッセイとしては新分野と言える部門を開拓し、それを世に問わんとしたものである。

こうした主旨は、本書の「単行本　ナマコのあとがき」のところを読んでいただくとよく理解していただけることと思う。

快男児が怒るところ怒る。

快男児が喜ぶところ喜ぶ。

快男児が嘆くところ嘆く。

快男児が説教するところ説教する。

『ナマコのからえばり』の目次を見ていくと「日本の幼稚な若い男たちよ」という項目が目に入る。

ここで快男児は、日本の幼稚な若い男たちを叱りつける。

「ラーメン屋の行列に並ぶな」と叱りつける。

「ズボンをずり下げるな」

「安酒場でだらしなく酔っぱらうな」

「香水をつけるな」

と叱り、

「温水洗浄トイレ、いうところのウォシュレットの温水からケツをあげろ」

と叱るのだが、ぼくなどはウォシュレットを毎日愛用し、こんな便利なものはない、いいものができた、よかった、よかったと思っていたので、若者といっしょに叱られたような気がして深く反省したのであった。

「固形燃料湯豆腐に明日はない」というテーマでは、旅館の食事の形態をスルドク批判している。

旅館の食事サービスのひとつにコンロの活用がある。

七輪を小型にしたようなコンロの上に小さな鍋がのっていて、コンロにはローソクを固めたような小さな燃料が入っている。

ぼくはあれにチャッカマンで火をつけるのが大好きで、

「もう火をつけていい？」

などと仲居のおねえさんに何度も訊き、

「まだダメです」

と何度も叱られたりするのだが、快男児はこのことをどう思っているのか。

「まずは旅館部門で問題点をあげると、あの一人用のおもちゃの七輪みたいなやつがすでに相当アナクロなんだね。その上にさらにおもちゃみたいな鍋があってその蓋をあけると豆腐のかけらがふたつ入っている。

それをわざわざ固形燃料で沸かすところがなさけない。いまどき豆腐のカケラが二つ転がっている鍋を見て『おお！　湯豆腐だあ！　しかも自分で作れるんだあ』と嬉しくなるお父さんがどのくらいいるのだろうか」

と、あって、

「自分で作れるんだあ」

のお父さんとしてはここのところでまたしても深くうなだれるのであった。

快男児は当然ながら冒険旅行を好む。

快男児椎名誠のエッセイの〝僻地、未開地冒険もの〟は他の追随を許さない。なにしろほとんど一年中、あっちへ行ったり、こっちへ行ったりしているのでテーマには事欠かない。

どれもこれも、ぼくから見れば血湧き肉躍るたぐいのもので、そういう旅行は一生のうち一度ぐらいはするかもしれないな級《クラス》の冒険旅行を一年に二、三回はしているのだから、その快男児ぶりは驚異に値する。

椎名エッセイの分野の一つに読書ものがある。

ぼくだったら一生絶対に読まないだろうなという珍書、奇書を好んで読んでその内容を報告してくれる。

本書でいえば、

「隣人の口の中に放尿してはいけない」という項目になる。

ここで快男児は、

『世界一くだらない法律集』という本を紹介しているのだが、面白すぎて困るぐらい面白い。

この本は現行の世界中の法律の中の〝奇法〟ばかりを紹介しているのだが、この項目だけでも『ナマコのからえばり』を買ったモトを取り戻せるとぼくは思っている。

一つだけ紹介すると、

「男性は自分の妻をベルトか革ひもで殴る権利を法律で認められているが、ベルトの幅は五センチ以下のものに限られ、もっと幅の広いものを使うときは妻の同意を必要とする」（ロサンゼルス）

もちろん、この項目のタイトル「隣人の口の中に放尿してはいけない」も、そうした法律の一つであることはいうまでもない。

椎名誠のエッセイの取り扱い項目の一つである「料理部門」もいくつか『ナマコのからえばり』に載っているが、その中の抱腹ものを一つだけ紹介しておこう。

「あつあつカリカリのコブラサンド」がまさにその一つで、ある日彼は柄にもなく広尾のフランス料理店で食事をする。

その店のメニューに、

「和牛尾肉と豚足、フォワグラのアンクルート、プチ・ニース風、レバーにパルマンティエールを添えて」

というのがあり、これを見て彼はたちまち、

「山梨牛の薄切りと水戸玉葱の醤油煮、南浦和風、生玉子を添えて」

というメニューを考え出す。

なるほどなるほど、いかにも旨《うま》そうだ。それにしてもどんな料理だろう、と誰もが考えると思う。

してその実体は？

それは本書を読んでのお楽しみに。

この作品は二〇〇八年七月、毎日新聞社より刊行されました。

集英社文庫

ナマコのからえばり

2010年8月25日　第1刷
2013年12月10日　第3刷

定価はカバーに表示してあります。

著　者　椎名《しいな》　誠《まこと》

発行者　加藤　潤

発行所　株式会社　集英社
東京都千代田区一ツ橋2-5-10　〒101-8050
電話　03-3230-6095（編集部）
03-3230-6393（販売部）
03-3230-6080（読者係）

印　刷　株式会社 廣済堂

製　本　株式会社 廣済堂

フォーマットデザイン　アリヤマデザインストア　　マークデザイン　居山浩二

ISBN978-4-08-746605-8 C0195